U0957646

|宏景|

汪曾祺散文精选

不要着急

人活着 就得有点兴致

不要着急 慢慢就活出了趣味和自我

汪曾祺 著

宁波出版社
NINGBO PUBLISHING HOUSE

图书在版编目（CIP）数据

不要着急 / 汪曾祺著. — 宁波 : 宁波出版社，
2019.3
（汪曾祺经典散文套系）
ISBN 978-7-5526-3409-9

Ⅰ. ①不… Ⅱ. ①汪… Ⅲ. ①散文集—中国—当代
Ⅳ. ①I267

中国版本图书馆 CIP 数据核字（2018）第 256924 号

不要着急

作　　者	汪曾祺
出版发行	宁波出版社
地址邮编	宁波市甬江大道 1 号宁波书城 8 号楼 6 楼　315040
网　　址	http://www.nbcbs.com
出版策划	苏　辛　午　歌　孙小天
责任编辑	陈姣姣　梁建建
特约编辑	张　溟
责任校对	虞姬颖
特约校对	青　禾
装帧设计	仙境设计
印　　刷	玉田县昊达印刷有限公司
开　　本	787mm×1092mm　1/32
印　　张	10.25
字　　数	170 千字
版　　次	2019 年 3 月第 1 版
印　　次	2019 年 3 月第 1 次印刷
标准书号	ISBN 978-7-5526-3409-9
定　　价	48.00 元

目录

自报家门

京剧的角色出台，大都有一段相当长的独白。向观众介绍自己的历史，最近遇到什么事，他将要干什么，叫作“自报家门”。过去西方戏剧很少用这种办法。西方戏剧的第一幕往往是介绍人物，通过别人之口互相介绍出剧中人。这实在很费事。中国的“自报家门”省事得多。我采取这种办法，也是为了图省事，省得麻烦别人。

法国人安妮·居里安女士打算翻译我的小说。她从波士顿要到另一个城市去，已经订好了飞机票。听说我要到波士顿，特意把机票退了，好跟我见一面。她谈了对我的小说的印象，谈得很聪明。有一点是别的评论家没有提过，我自己从来没有意识到的。她说我很多小说里都有水，《大淖记事》是这样。《受戒》写水虽不多，但充满了水的感觉。我想了想，真是这样。

这是很自然的。我的家乡是一个水乡，江苏北部一个不大的城市——高邮。在运河的旁边。

运河西边，是高邮湖。城的地势低，据说运河的河底和城墙垛子一般高。我们小时候到运河堤上去玩，可以俯瞰堤下人家的屋顶。因此，常常闹水灾。县境内有很多河道。出城到乡镇，大都是坐船。农民几乎家家都有船。水不但于不自觉中成了我的一些小说的背景，并且也影响了我的小说的风格。水有时是汹涌澎湃的，但我们那里的水平常总是柔软的，平和的，静静地流着。

我是一九二〇年生的。三月五日。按阴历算，那天正好是正月十五，元宵节。这是一个吉祥的日子。中国一直很重视这个节日，到现在还是这样。到了这天，家家吃“元宵”，南北皆然。沾了这个光，我每年的生日都不会忘记。

我的家庭是一个旧式的地主家庭。房屋、家具、习俗，都很旧。整所住宅，只有一处叫作“花厅”的三大间是明亮的，因为朝南的一溜大窗户是安玻璃的。其余的屋子的窗格上都糊的是白纸。一直到我读高中时，晚上有的屋里点的还是豆油灯。这在全城（除了乡下）大概找不出几家。

我的祖父是清朝末科的“拔贡”。这是略高于“秀才”

的功名。据说要八股文写得特别好，才能被选为“拔贡”。他有相当多的田产，大概有两三千亩田，还开着两家药店，一家布店，但是生活却很俭省。他爱喝一点酒，酒菜不过是一个咸鸭蛋，而且一个咸鸭蛋能喝两顿酒。喝了酒有时就一个人在屋里大声背唐诗。他同时又是一个免费为人医治眼疾的眼科医生。我们家看眼科是祖传的。在孙辈里他比较喜欢我。他让我闻他的鼻烟。有一回我不停地打嗝，他忽然把我叫到跟前，问我他吩咐我做的事做好了没有。我想了半天，他吩咐过我做什么事呀？我使劲地想。他哈哈大笑：“嗝不打了吧！”他说这是治打嗝的最好的办法。他教过我读《论语》，还教我写过初步的八股文，说如果在清朝，我完全可以中一个秀才（那年我才十三岁）。他赏给我一块紫色的端砚，好几本很名贵的原拓本字帖。一个封建家庭的祖父对于孙子的偏爱，也仅能表现到这个程度。

我的生母姓杨。杨家是本县的大族。在我三岁时，她就死去了。她得的是肺病，早就一个人住在一间偏屋里，和家人隔离了。她不让人把我抱去见她，因此我对她全无印象。我只能从她的遗像（据说画得很像）上知道她是什么样子，另外我从父亲的画室里翻出一摞她生前写的大楷，字写得很清秀。由此我知道我的母亲是读过书的。她嫁给我父亲后还能每天写一张大字，可见她还过着一种闺秀式的生活，不为柴米操心。

我父亲是我所知道的一个最聪明的人。多才多艺。他不但金石书画皆通，而且是一个擅长单杠的体操运动员，一名足球健将。他还练过中国的武术。他有一间画室，为了用色准确，裱糊得“四白落地”。他后半生不常作画，以“懒”出名。他的画室里堆积了很多求画人送来的宣纸，上面都贴了一个红签，“敬求法绘，赐呼 ××”。我的继母有时提醒：“这几张纸，你该给人家画画了。”父亲看看红签，说：“这人已经死了。”每逢春秋佳日，天气晴和，他就打开画室作画。我非常喜欢站在旁边看他画：对着宣纸端详半天，先用笔杆的一头或大拇指指甲在纸上划几道，决定布局，然后画花头、枝干，布叶，勾筋。画成了，再看看，收拾一遍，题字，盖章，用摁钉钉在板壁上，再反复看看。他年轻时曾画过工笔的菊花，能辨别、表现很多菊花品种。因为他是阴历九月生的，在中国，习惯把九月叫作菊月，所以对菊花特别有感情。后来就放笔作写意花卉了。他的画，照我看是很有功力的。可惜局处在一个小县城里，未能浪游万里，多睹大家真迹。又未曾学诗，题识多用成句，只成“一方之士”，声名传得不远。很可惜！他学过很多乐器，笙箫管笛、琵琶、古琴都会。他的胡琴拉得很好。几乎所有的中国乐器我们家都有过，包括唢呐、海笛。他吹过的箫和笛子是我一生中见过的最好的箫笛。他的手很巧，心很细。我母亲的冥衣（中国人相信人死了，在另一个世界——阴间还要生活，故用纸糊制了生活用物烧了，使死者可以“冥中收用”，统称冥器）是他亲手糊的。他选购了各种砑花的色纸，糊了很多套，四季衣裳，单夹皮棉，应有尽有。“裘皮”剪得极细，和真的一样，还能分出羊皮、狐皮。他会糊风筝。有一年糊了一个蜈蚣——这是风筝最难的一种，带着儿女到麦田里去放。蜈蚣在天上矫矢摆动，跟活的一样。这是我永远不能忘记的一天。他放蜈蚣用的是胡琴的“老弦”。用琴弦放风筝，我还未见过第二人。他养过鸟，养过蟋蟀。他用钻石刀把玻璃裁成小片，再用胶水一片一片斗拢粘固，做成小船、小亭子、八面玲珑绣球，在里面养金铃子——一种金色的小昆虫，磨翅发声如金铃。我父亲真是一个聪明人。如果我还不算太笨，大概跟我从父亲那里接受的遗传因子有点关系。我的审美意识的形成，跟我从小看他作画有关。

我父亲是个随便的人，比较有同情心，能平等待人。我十几岁时就和他对坐饮酒，一起抽烟。他说：“我们是多年父子成兄弟。”他的这种脾气也传给了我。不但影响了我和家人子女、朋友后辈的关系，而且影响了我对我所写的人物的态度以及对读者的态度。

我的小学和初中是在本县读的。

小学在一座佛寺的旁边，原来即是佛寺的一部分。我几乎每天放学都要到佛寺里逛一逛，看看哼哈二将、四大天王、释迦牟尼、迦叶阿难、十八罗汉、南海观音。这些佛像塑得生动。这是我的雕塑艺术馆。

从我家到小学要经过一条大街，一条曲曲弯弯的巷子。我放学回家喜欢东看看西看看，看看那些店铺，手工作坊、布店、酱园、杂货店、爆仗店、烧饼店、卖石灰麻刀的铺子、染坊……我到银匠店里去看银匠在一个模子上錾出一个小罗汉，到竹器厂看师傅怎样把一根竹竿做成筢草的筢子，到车匠店看车匠用硬木车旋出各种形状的器物，看灯笼铺糊灯笼……百看不厌。有人问我是怎样成为一个作家的，我说这跟我从小喜欢东看看西看看有关。这些店铺、这些手艺人使我深受感动，使我闻嗅到一种辛劳、笃实、轻甜、微苦的生活气息。这一路的印象深深注入我的记忆，我的小说有很多篇写的便是这座封闭的、褪色的小城的人事。

初中原是一个道观，还保留着一个放生鱼池。池上有飞梁（石桥），一座原来供奉吕洞宾的小楼和一座小亭子。亭子四周长满了紫竹（竹竿深紫色）。这种竹子别处少见。学校后面有小河，河边开着野蔷薇。学校挨近东门，出东门是杀人的刑场。我每天沿着城东的护城河上学、回家，看柳树，看麦田，看河水。

我自小学五年级至初中毕业，教国文的都是一位姓高的先生。高先生很有学问，他很喜欢我。我的作文几乎每次都是“甲上”。在他所授古文中，我受影响最深的是明朝大散文家归有光的几篇代表作。归有光以轻淡的文笔写平常的人物，亲切而凄婉。这和我的气质很相近，我现在的小说里还时时回响着归有光的余韵。

我读的高中是江阴的南菁中学。这是一座创立很早的学校，至今已有百余年历史。这个学校注重数理化，轻视文史。但我买了一部词学丛书，课余常用毛笔抄宋词，既练了书法，也略窥了词意。词大都是抒情的，多写离别。这和少年人每易有的无端感伤情绪易于相合。到现在我的小说里还带有一点隐隐约约的哀愁。

读了高中二年级，日本人占领了江南，江北危急。我随祖父、父亲在离城稍远的一个村庄的小庵里避难。在庵里大概住了半年。我在《受戒》里写了和尚的生活。这篇作品引起注意，不少人问我当过和尚没有。我没有当过和尚。在这座小庵里我除了带了准备考大学的教科书，只带了两本书，一本《沈从文小说选》，一本屠格涅夫的《猎人笔记》。说得夸张一点，可以说这两本书定了我的终身。这使我对文学形成比较稳定的兴趣，并且对我的风格产生深远的影响。我父亲也看了沈从文的小说，说："小说也是可以这样写的？"我的小说也有人说是不像小说，其来有自。

一九三九年，我从上海经香港、越南到昆明考大学。到昆明，得了一场恶性疟疾，住进了医院。这是我一生第一次住院，也是唯一的一次。高烧超过四十度。护士给我注射了强心针，我问她："要不要写遗书？"我刚刚能喝一碗蛋花汤，晃晃悠悠进了考场。考完了，一点把握没有。天保佑，发了榜，我居然考中了第一志愿：西南联大中国文学系！

我成不了语言文字学家。我对古文字有兴趣的只是它的美术价值——字形。我一直没有学会国际音标。我不会成为文学史研究者或文学理论专家，我上课很少记笔记，并且时常缺课。我只能从兴趣出发，随心所欲，乱七八糟地看一些书。白天在茶馆里。夜晚在系图书馆。于是，我只能成为一个作家了。

不能说我在投考志愿书上填了西南联大中国文学系是冲着沈从文去的，我当时有点恍恍惚惚，缺乏任何强烈的意志。但是“沈从文”是对我很有吸引力的，我在填表前是想到过的。

沈先生一共开过三门课：各体文习作、创作实习、中国小说史，我都选了。沈先生很欣赏我。我不但是他的入室弟子，可以说是得意高足。

沈先生实在不大会讲课。讲话声音小，湘西口音很重，很不好懂。他讲课没有讲义，不成系统，只是即兴的漫谈。他教创作，反反复复，经常讲的一句话是：要贴到人物来写。很多学生都不大理解这是什么意思。我是理解的。照我的理解，他的意思是：在小说里，人物是主要的，主导的，其余的都是次要的，派生的。作者的心要和人物贴近，富同情，共哀乐。什么时候作者的笔贴不住人物，就会虚假。写景，是制造人物生活的环境。写景处即是写人，景和人不能游离。常见有的小说写景极美，但只是作者眼中之景，与人物无关。这样有时甚至会使人物疏远。即作者的叙述语言也须和人物相协调，不能用知识分子的语言去写农民。我相信我的理解是对的。

这也许不是写小说唯一的原则（有的小说可以不着重写人，也可以有的小说只是作者在那里发议论），但是是重要的原则。至少在现实主义的小说里，这是重要原则。

沈先生每次进城（为了躲日本飞机空袭，他住在昆明附近呈贡的乡下，有课时才进城住两三天），我都去看他。还书、借书，听他和客人谈天。他上街，我陪他同去，逛寄卖行、旧货摊，买耿马漆盒，买火腿月饼。饿了，就到他的宿舍对面的小铺吃一碗加一个鸡蛋的米线。有一次我喝得烂醉，坐在路边，他以为是一个生病的难民，一看，是我！他和几个同学把我架到宿舍里，灌了好些酽茶，我才清醒过来。有一次我去看他，牙疼，腮帮子肿得老高，他不说一句话，出去给我买了几个大橘子。

我读的是中国文学系，但是大部分时间是看翻译小说。当时在联大比较时髦的是A.纪德，后来是萨特。我二十岁开始发表作品。外国作家中我受影响较大的是契诃夫，还有一个西班牙作家阿索林。我很喜欢阿索林，他的小说像是覆盖着阴影的小溪，安安静静的，同时又是活泼的，流动的。我读了一些弗吉尼亚·伍尔芙的作品，读了普鲁斯特小说的片段。我的小说有一个时期明显地受了意识流方法的影响，如《小学校的钟声》《复仇》。

离开大学后，我在昆明郊区一个联大同学办的中学教了两年书。《小学校的钟声》和《复仇》便是这时写的。当时没有地方发表。后来由沈先生寄给上海的《文艺复兴》，郑振铎先生打开原稿，发现上面已经叫蠹虫蛀了好些小洞。

一九四六年初秋，我由昆明到上海。经李健吾先生介绍，到一个私立中学教了两年书。一九四八年初春离开。这两年写了一些小说，结为《邂逅集》。

到北京，失业半年，后来到历史博物馆任职。陈列室在午门城楼上，展出的文物不多，游客寥寥无几。职员里住在馆里的只有我一个人。

我住的那间据说原是锦衣卫值宿的屋子。为了防火，当时故宫范围内都不装电灯，我就到旧货摊上买了一盏白瓷罩子的古式煤油灯。晚上灯下读书，不知身在何世。北京一解放，我就报名参加了四野南下工作团。

我原想随四野一直打到广州，积累生活，写一点刚劲的作品。不想到武汉就被留下来接管文教单位，后来又被派到一个女子中学当副教导主任。一年之后，我又回到北京，到北京市文联工作。一九五四年，调中国民间文艺研究会。

不要着急

自一九五〇年至一九五八年，我一直当文艺刊物编辑，编过《北京文艺》《说说唱唱》《民间文学》。我对民间文学是很有感情的。民间故事丰富的想象和农民式的幽默，民歌比喻的新鲜和韵律的精巧使我惊奇不置。但我对民间文学的感情被割断了。一九五八年，我被错划成右派，下放到长城外面的一个农业科学研究所劳动，将近四年。

这四年对我来说是很重要的。我和农业工人（即是农民）一同劳动，吃一样的饭，晚上睡在一间大宿舍里，一铺大炕（枕头挨着枕头，虱子可以自由地从最东边一个人的被窝里爬到最西边的被窝里）。我比较切实地看到中国的农村和中国的农民是怎么回事。

一九六二年初，我调到北京京剧团当编剧，一直到现在。

我二十岁开始发表作品，今年六十九岁，写作时间不可谓不长。但我的写作一直是断断续续，一阵一阵的，因此数量很少。过了六十岁，就听到有人称我为“老作家”，我觉得很不习惯。第一，我不大意识到我是一个作家；第二，我没有觉得我已经老了。近两年逐渐习惯了。有什么办法呢，岁数不饶人。杜甫诗：“座下人渐多。”现在每有宴会，我常被请到上席，我已经出了几本书，有点影响。再说我不是作家，就有点矫情了。我算什么样的作家呢？

我年轻时受过西方现代派的影响，有些作品很“空灵”，甚至很不好懂。这些作品都已散失。有人说翻翻旧报刊，是可以找到的，劝我搜集起来出一本书。我不想干这种事，实在太幼稚，而且和人民的疾苦距离太远。我近年的作品渐趋平实。在北京市作协讨论我的作品的座谈会上，我做了一个简短的发言，题为“回到民族传统，回到现实主义”，这大体上可以说是我现在的文学主张。我并不排斥现代主义。每逢有人诋毁青年作家带有现代主义倾向的作品时，我常会为他们辩护。我现在有时也偶尔还写一点很难说是纯正的现实主义的作品，比如《昙花、鹤和鬼火》，就是在通体看来是客观叙述的小说中有时还夹带一点意识流片段，不过评论家不易察觉。我的看似平常的作品其实并不那么老实。我希望能做到融奇崛于平淡，纳外来于传统，不今不古，不中不西。

我是较早意识到要把现代创作和传统文化结合起来的。和传统文化脱节，我以为是开国以后，五十年代文学的一个缺陷。——有人说这是中国文化的“断裂”，这说得严重了一点。有评论家说我的作品受了两千多年前的老庄思想的影响，可能有一点。我在昆明教中学时案头常放的一本书是《庄子集解》。

但是我对庄子感极大的兴趣的，主要是其文章，至于他的思想，我到现在还不甚了了。我自己想想，我受影响较深的，还是儒家。我觉得孔夫子是个很有人情味的人，并且是个诗人。他可以发脾气，赌咒发誓。我很喜欢《论语·子路、曾皙、冉有、公西华侍坐》。他让在座的四位学生谈谈自己的志愿，最后问到曾皙（点）：

> “点，尔何如？”
>
> 鼓瑟希，铿尔，舍瑟而作，对曰：“异乎三子者之撰。”
>
> 子曰：“何伤乎？亦各言其志也。”
>
> 曰：“暮春者，春服既成，冠者五六人，童子六七人。浴乎沂，风乎舞雩，咏而归。”
>
> 夫子喟然叹曰：“吾与点也。”

这写得实在非常美。曾点的超功利的率性自然的思想是生活境界的美的极致。

我很喜欢宋儒的诗：

万物静观皆自得，
四时佳兴与人同。

说得更实在的是：

顿觉眼前生意满，
须知世上苦人多。

我觉得儒家是爱人的，因此我自诩为“中国式的人道主义者”。

我的小说似乎不讲究结构。我在一篇谈小说的短文中，说结构的原则是：随便。有一位年龄略低我的作家每谈小说，必谈结构的重要。他说：“我讲了一辈子结构，你却说：随便！”我后来在谈结构的前面加了一句话：“苦心经营的随便。”他同意了。我不喜欢结构痕迹太露的小说，如莫泊桑，如欧·亨利。我倾向“为文无法”，即无定法。我很向往苏轼所说的：“如行云流水，初无定质，但常行于所当行，常止于所不可不止，文理自然，姿态横生。”我的小说在国内被称为“散文化”的小说。我以为散文化是世界短篇小说发展的一种（不是唯一的）趋势。

我很重视语言，也许过分重视了。我以为语言具有内容性。语言是小说的本体，不是外部的，不只是形式、是技巧。探索一个作者的气质、他的思想（他的生活态度，不是理念），必须由语言入手，并始终浸在作者的语言里。语言具有文化性。作品的语言映照出作者的全部文化修养。语言的美不在一个一个句子，而在句与句之间的关系。包世臣论王羲之字，看来参差不齐，但如老翁携带幼孙，顾盼有情，痛痒相关。好的语言正当如此。语言像树，枝干内部液汁流转，一枝摇，百枝摇。语言像水，是不能切割的。一篇作品的语言，是一个有机的整体。

我认为一篇小说是作者和读者共同创作的。作者写了，读者读了，创作过程才算完成。作者不能什么都知道，都写尽了。要留出余地，让读者去琢磨，去思索，去补充。中国画讲究“计白当黑”。包世臣论书以为当使字之上下左右皆有字。宋人论崔颢的《长干曲》“无字处皆有字”。短篇小说可以说是“空白的艺术”。办法很简单：能不说的话就不说。这样一篇小说的容量就会更大了，传达的信息就更多。以己少少许，胜人多多许。短了，其实是长了。少了，其实是多了。这是很划算的事。

我这篇“自报家门”实在太长了。

我的家乡

法国人安妮·居里安女士听说我要到波士顿，特意退了机票，推迟了行期，希望和我见一面。她翻译过我的几篇小说。我们谈了约一个小时，她问了我一些问题。其中一个是，为什么我的小说里总有水？即使没有写到水，也有水的感觉。这个问题我以前没有意识到过。是这样。这是很自然的。我的家乡是一个水乡，我是在水边长大的，耳目之所接，无非是水。水影响了我的性格，也影响了我的作品的风格。

我的家乡高邮在京杭大运河的下面。我小时候常常到运河堤上去玩（我的家乡把运河堤叫作“上河堆”或“上河埫”。“埫”字一般字典上没有，可能是家乡人造出来的字，音淌。“堆”当是“堤”的声转）。我读的小学的西面是一片菜园，穿过菜园就是河堤。我的大姑妈（我们那里对姑妈有个很奇怪的叫法，叫“摆摆”，别处我从未听过有此叫法）的家，出门西望，就看见爬上河堤的石级。这段河堤有石级，因此地名“御码头”，康熙或乾隆曾在此泊舟登岸（据说御码头夏天没有蚊子）。运河是一条“悬河”，河底比东堤下的地面高，据说河堤和墙垛子一般高，站在河堤上，可以俯瞰堤下街道房屋。我们几个同学，可以指认哪一处的屋顶是谁家的。城外的孩子放风筝，风筝在我们脚下飘。城里人家养鸽子，鸽子飞起来，我们看到的是鸽子的背。几只野鸭子贴水飞向东，过了河堤，下面的人看见野鸭子飞得高高的。

我们看船。运河里有大船。上水的大船多撑篙。弄船的脱光了上身，使劲把篙子梢头顶上肩窝处，在船侧窄窄的舷板上，从船头一步一步走到船尾。然后拖着篙子走回船头，“欻”的一声把篙子投进水里，扎到河底，又顶着篙子，一步一步向船尾。如是往复不停。大船上用的船篙甚长且极粗，篙头如饭碗大，有锋利的铁尖。使篙的通常是两个人，船左右舷各一人；有时只一个人，在一边。这条船的水程，实际上是他们用脚一步一步走出来的。这种船多是重载，船帮吃水甚低，几乎要漫到船上来。这些撑篙男人都极精壮，浑身作古铜色。他们是不说话的，大都眉棱很高，眉毛很重。因为常年注视着流动的水，故目光清明坚定。这些大船常有一个舵楼，住着船老板的家眷。船老板娘子大都很年轻，一边扳舵，一边敞开怀奶孩子，态度悠然。舵楼大都伸出一支竹竿，晾晒着衣裤，风吹着啪啪作响。

看打鱼。在运河里打鱼的多用鱼鹰。一般都是两条船，一船八只鱼鹰。有时也会有三条、四条，排成阵势。鱼鹰栖在木架上，精神抖擞，如同临战状态。打鱼人把篙子一挥，这些鱼鹰就噼噼啪啪，纷纷跃进水里。只见它们一个猛子扎下去，眨眼工夫，有的就叼了一条鳜鱼上来——鱼鹰似乎专逮鳜鱼。打鱼人解开鱼鹰脖子上的金属的箍（鱼鹰脖子上都有一道箍，否则它就会把逮到的鱼吞下去），把鳜鱼扔进船里，奖给它一条小鱼，它就高高兴兴，心甘情愿地转身又跳进水里去了。有时两只鱼鹰合力抬起一条大鳜鱼上来，鳜鱼还在挣蹦，打鱼人已经一手捞住了。这条鳜鱼够四斤！这真是一个热闹场面。看打鱼的，鱼鹰都很兴奋激动，倒是打鱼人显得十分冷静，不动声色。

远远地听见“嘣嘣嘣嘣”的响声，那是在修船、造船。嘣嘣的声音是斧头往船板上敲钉。船体是空的，故声音传得很远。待修的船翻扣过来，底朝上。这只船辛苦了很久，它累了，它正在休息。一只新船造好了，油了桐油，过两天就要下水了。看看崭新的船，叫人心里高兴——生活是充满希望的。船场附近照例有打船钉的铁匠炉，叮叮当当。有碾石粉的碾子，石粉是填船缝用的。有卖牛杂碎的摊子，卖牛杂碎的是山东人。这种摊子上还卖锅盔（一种很厚很大的面饼）。

我们有时到西堤去玩。我们那里的人都叫它西湖，湖很大，一眼望不到边，很奇怪，我竟没有在湖上坐过一次船。湖西是还有一些村镇的。我知道一个地名，菱塘桥，想必是个大镇子。我喜欢菱塘桥这个地名，引起我的向往，但我不知道菱塘桥是什么样子。湖东有的村子，到夏天，就把耕牛送到湖西去歇伏。我所住的东大街上，那几天就不断有成队的水牛在大街上慢慢地走过。牛过后，留下很大的一堆一堆牛屎。听说是湖西凉快，而且湖西有茭草，牛吃了会消除劳乏，恢复健壮。我于是想象湖西是一片碧绿碧绿的茭草。

高邮湖中，曾有神珠。沈括《梦溪笔谈》载：

嘉祐中，扬州有一珠甚大，天晦多见。初出于天长县陂泽中，后转入甓社湖，又后乃在新开湖中，凡十余年，居民行人，常常见之。予友人书斋在湖上，一夜忽见其珠甚近。初微开其房，光自吻中出，如横一金线，俄顷忽张壳，其大如半席，壳中白光如银，珠大如拳，灿然不可正视，十余里间林木皆有影，如初日所照，远处但见天赤如野火；倏然远去，其行如飞，浮于波中，杳杳如日。古有明月之珠，此珠色不类月，荧荧有芒焰，殆类日光。崔伯易尝为《明珠赋》。伯易，高邮人，盖常见之。近岁不复出，不知所往。樊良镇正当珠往来处，行人至此，往往维船数宵以待现。名其亭为“玩珠”。

这就是“秦邮八景”的第一景“甓社珠光”。沈括是很严肃的学者，所言凿凿，又生动细微，似乎不容怀疑。这是个什么东西呢？是一颗大珠子？嘉祐到现在也才九百多年，已经不可究诘了。高邮湖亦称珠湖，以此。我小时学刻图章，第一块刻的就是“珠湖人”，是一块肉红色的长方形图章。

湖通常是平静的，透明的。这样一片大水，浩浩淼淼（湖上常常没有一只船），让人觉得有些荒凉，有些寂寞，有些神秘。

黄昏了。湖上的蓝天渐渐变成浅黄，橘黄，又渐渐变成紫色，很深很浓的紫色。这种紫色使人深深感动。我永远忘不了这样的紫色的长天。

闻到一阵阵炊烟的香味，停泊在御码头一带的船上正在烧饭。

一个女人高亮而悠长的声音：“二丫头……回来吃晚饭来……”

像我的老师沈从文常爱说的那样，这一切真是一个圣境。

高邮湖也是一个悬湖。湖面，甚至有的地方的湖底，比运河东面的地面都高。

湖是悬湖，河是悬河，我的家乡随时处在大水的威胁之中。翻开县志，水灾接连不断。我所经历过的最大的一次水灾，是民国二十年。

这次水灾是全国性的。事前已经有了很多征兆。连降大雨，西湖水位增高，运河水平了漕，坐在河堤上可以“踢水洗脚”。有许多很“瘆人”的不祥的现象。天王寺前，虾蟆[①]爬在柳树顶上叫。老人们说：虾蟆在多高的地方叫，大水就会涨得多高。我们在家里的天井里躺在竹床上乘凉，忽然“啪啦”一声，从阴沟里蹦出一条大鱼！运河堤上，龙王庙里香烛昼夜不熄。七公殿也是这样。大风雨的黑夜里，人们说是看见“耿庙神灯”

① 虾蟆：又称蛤蟆。

了。耿七公是有这个人的，生前为人治病施药，风雨之夜，他就在家门前高旗杆上挂起一串红灯，在黑暗的湖里打转的船，奋力向红灯划去，就能平安到岸。他死后，红灯还常在浓云密雨中出现，这就是耿庙神灯——“秦邮八景”中的一景。耿七公是渔民和船民的保护神，渔民称之为七公老爷，渔民每年要做会，谓之七公会。神灯是美丽的，但同时也给人一种神秘的恐怖感。阴历七月，西风大作。店铺都预备了高挑灯笼——长竹柄，一头用火烤弯如钩状，上悬一个灯笼，轮流值夜巡堤。告警锣声不绝。本来平静的水变得暴怒了。一个浪头翻上来，会把东堤石工的丈把长的青石掀起来。看来堤是保不住了。终于，我记得是七月十三（可能记错），倒了口子。我们那里把决堤叫作倒口子。西堤四处，东堤六处。湖水涌入运河，运河水直灌堤东。顷刻之间，高邮成为泽国。

我们家住进了竺家巷一个茶馆的楼上（同时搬到茶馆楼上的还有几家），巷口外的东大街成了一条河，“河”里翻滚着箱箱柜柜，死猪死牛。“河”里行了船。会水的船家各处去救人（很多人家爬在屋顶上、树上）。

约一星期后，水退了。

水退了，很多人家的墙壁上留下了水印，高及屋檐。很奇怪，水印怎么擦洗也擦洗不掉。全县粮食几乎颗粒无收。我们这样的人家还不至挨饿，但是没有菜吃。老是吃慈姑汤，很难吃。比慈姑汤还要难吃的是芋头梗子做的汤。日本人爱喝芋梗汤，我觉得真不可理解。大水之后，百物皆一时生长不出，唯有慈姑芋头却是丰收！我在小学的教务处地上发现几个特大的蚂蟥，缩成一团，有拳头大，踩也踩不破！

我小时候，从早到晚，一天没有看见河水的日子，几乎没有。我上小学，倘不走东大街而走后街，是沿河走的。上初中，如果不从城里走，走东门外，则是沿着护城河。出我家所在的巷子南头，是越塘。出巷北，往东不远，就是大淖。我在小说《异秉》中所写的老朱，每天要到大淖去挑水，我就跟着他一起去玩。老朱真是个忠心耿耿的人，我很敬重他。他下水把水桶弄满（他两腿都是筋疙瘩——静脉曲张），我就拣选平薄的瓦片打水漂。我到一沟、二沟、三垛，都是坐船。到我的小说《受戒》所写的庵赵庄去，也是坐船。我第一次离家乡去外地读高中，也是坐船——轮船。

水乡极富水产。鱼之类，乡人所重者为鳊、白、鲚（鲚花鱼即鳜鱼）。虾有青白两种。青虾宜炒虾仁，呛虾（活虾酒醉生吃）则用白虾。小鱼小虾，比青菜便宜，是小户人家佐餐的恩物。小鱼有名“罗汉狗子”“猫杀子”者，很好吃。高邮湖蟹甚佳，以作醉蟹，尤美。高邮的大麻鸭是名种。我们那里八月中秋兴吃鸭，馈送节礼必有公母鸭成对。大麻鸭很能生蛋，腌制后即为著名的高邮咸蛋。高邮鸭蛋双黄者甚多。江浙一带人见面问起我的籍贯，答云高邮，多肃然起敬，曰：“你们那里出咸鸭蛋。”好像我们那里就只出咸鸭蛋似的！

我的家乡不只出咸鸭蛋。我们还出过秦少游，出过散曲作家王西楼，出过经学大师王念孙、王引之父子。

县里的名胜古迹最出名的是文游台。这是秦少游、苏东坡、孙莘老、王定国文酒游会之所。台基在东山（一座土山）上，登台四望，眼界空阔。我小时常凭栏看西面运河的船帆露着半截，在密密的杨柳梢头后面，缓缓移过，觉得非常美。有一座镇国寺塔，是个唐塔，方形。这座塔原在陆上，运河拓宽后，为了保存这座塔，留下塔的周围的土地，成了运河当中的一个小岛。镇国寺我小时还去玩过，是个不大的寺。寺门外有一堵紫色的石制的照壁，这堵照壁向前倾斜，却不倒。照壁上刻着海水，故名水照壁。寺内还有一尊肉身菩萨的坐像，是一个和尚坐化后漆成的。寺不知毁于何时。另外还有一座净土寺塔，明代修建。我们小时候记不住什么镇国寺、净土寺，因其一在西门，名之为西门宝塔；一在东门，便叫它东门宝塔。老百姓都是这么叫的。

全国以邮字为地名的，似只高邮一县。为什么叫作高邮？因为秦始皇曾在高处建邮亭。高邮是秦王子婴的封地，至今还有一条河叫子婴河，旧有子婴庙，今不存。高邮为秦代始建，故又名秦邮。外地人或以为这跟秦少游有什么关系，没有。

我的家

十年前我回了一次家乡，一天闲走，去看了看老家的旧址，发现我们那个家原来是不算小的。我家的大门开在科甲巷（不知道为什么这条巷子起了这么个名字，其实这巷里除了我的曾祖父中过举人，我的祖父中过拔贡[①] 外，没有别的人家有过功名），而在西边的竺家巷有一个后门。我的家即在这两条巷子之间。临街是铺面。从科甲巷口到竺家巷口，计有这么几家店铺：一家豆腐店，一家南货店，一家烧饼店，一家棉席店，一家药店，一家烟店，一家糕店，一家剃头店，一家布店。我们家在这些店铺的后面，占地多少平米我不知道，但总是不小的，住起来是相当宽敞的。

① 拔贡：科举制度中由地方贡入国子监的生员之一种。清朝时，由各省学政从生员中考选，保送入京，作为拔贡。经过朝考及格者，可以充任京官、知县或教职。

不要着急

这所老宅子分作东西两截，或两区。东边住着祖父母（我们叫“太爷”“太太”）和大房——大伯父一家。西边是二房（我的二伯母）和三房——我父亲的一家。东西地势相差约有三尺，由东边到西边要上几层台阶。

正屋的东边的套间住着太爷、太太，西边是大伯父和大伯母（我们叫“大爷”“大妈”）。当中是一个堂屋，因为敬神祭祖都在这间堂屋里，所以叫作“正堂屋”。正堂屋北面靠墙是一个很大的“老爷柜”，即神案，但我们那里都叫作“老爷柜”，这东西也确实是一个很长的大柜，当中和两边都有抽屉，下面还有钉了铜环的柜门。老爷柜上，当中供的是家神菩萨，左边是文昌帝君神位，右边是祖宗龛——一个细木雕琢的像小庙一样的东西，里面放着祖宗的牌位——神主。这正堂屋大概是我的曾祖父手里盖的，因为两边板壁上贴着他中秀才、中举人的报条。有年头了。原来大概是相当恢宏的。庭柱很粗，是“布灰布漆”的——木柱外涂瓦灰，裹以夏布，再施黑漆。到我记事时漆灰有多处已经剥落。这间老堂屋的铺地的箩底砖（方砖）的边角都磨圆了，而且特别容易返潮。天将下雨，砖地上就是潮乎乎的。若遇连阴天，地面简直像涂了一层油，滑的。我很小就知道“础润而雨”。用不着看柱础，从正堂屋砖地，就知道雨一时半会儿晴不了。一想到正堂屋，总会想到下雨，有时接连下几天，真是烦人。雨老不停，我的一个堂姐就会剪一个纸人贴在墙上，这纸人一手拿着簸箕，一手拿笤帚，风一吹，就摇动起来，叫“扫晴娘”。也真奇怪，扫晴娘扫了一天，第二天多少会放晴。

这间正堂屋的用处是：过年时敬神，清明祭祖。祭祖时在正中的方桌上放一大碗饭，这碗特别的大，有一个小号洗脸盆那样大，很厚，是白色的古瓷的，除了祭祖装饭外，不作别的用处。饭压得很实，鼓起如坟头，上面插了好多双红漆的筷子。筷子插多少双，是有定数的，这事总是由我的祖母做。另有四样祭菜。有一盘白切肉，一盘方块粉，——绿豆粉，切成名片大小，三分厚。这方块粉在祭祖后分给两房。这粉一点味道都没有，实在不好吃，所以我一直记得。其余两样祭菜已无印象。十月朝（旧历十月初一）“烧包子”，即北方的“送寒衣”。一个一个纸口袋，内装纸钱，包上写明各代考妣冥中收用，一袋一袋排在祭桌前，下面铺一层稻草。磕头之后，由大爷点火焚化。每年除夕，要在这方桌上吃一顿团圆饭。我们家吃饭的制度是：一口锅里盛饭，大房、三房都吃同一锅饭，以示并未分家；菜则各房自炒，又似分爨[①]。但大年三十晚上，祖父和两房男丁要同桌吃一顿。菜都

① 分爨（cuàn）：分开来做饭，指分家过日子。

是太太手制的。照例有一大碗鸭羹汤，鸭丁、山药丁、慈姑丁合烩。这鸭羹汤很好吃，平常不做，据说是徽州做法。我们的老家是徽州（姓汪的很多人的老家都是徽州），我们家有些菜的做法还保持徽州传统。比如肉丸蘸糯米蒸熟，有些地方叫珍珠丸子或蓑衣丸子，我们家则叫“徽团”。

我对大堂屋有一点特殊的记忆，是我曾在这里当过一回孝子。我的二伯父（二爷）死得早，立嗣时经过一番讨论。按说应该由长房次子，我的堂弟曾炜过继，但我的二伯母（二妈）不同意，她要我，因为她和我的生母感情很好，从小喜欢我。我是次房长子，长子过继，不合古理。后来是定了一个折中方案，曾炜和我都过继给二妈，一个是“派继”，一个是“爱继”。二妈死后，娘家提了一些条件，一是指定要用我祖父的寿材盛殓。太爷五十岁时就打好了寿材，逐年加漆，漆皮已经很厚了。因为二妈是年轻守节，娘家提出，不能不同意。一是要在正堂屋停灵，也只好同意了（本来上有老人，是不该在正屋停灵的）。我和曾炜于是履行孝子的职责，亲视含殓（围着棺材走一圈），戴孝披麻，一切如制。最有意思的是逢七的时候得陪张牌李牌吃饭。逢七，鬼魂要回来接受烧纸，由两个鬼役送回来。这两个鬼役即张牌李牌。一个较大的方机凳，两副筷子，一碟白肉，一碟豆腐，两杯淡酒。我和曾炜各用一个小板凳陪着坐一会儿。陪鬼役吃饭，我还是头一回。六七开吊，我是孝子一直在场，所以能看到全部过程。家里办丧事，气氛和平常全不一样，所有的人都变得庄严肃穆起来。开吊像是演一场戏，大家都演得很认真。“初献”“亚献”“终献”，有条不紊，节奏井然。最后是“点主”。点主要一个功名高的人。给我的二伯母点主的是一个叫李芳的翰林，外号李三麻子。“点主”是在神主上加点。神主（木制小牌位）事前写好“×孺人之神王”，李三麻子就位后，礼生喝道：“凝神，想象，请加墨主。”李三麻子拈起一支新笔在“王”字上加一墨点。礼生再赞：“凝神，想象，请加朱主。”李三麻子用朱笔在墨点上加一点。这样死者的魂灵就进入神主了。我对“凝神，想象”印象很深，因为这很有点诗意。其实李三麻子对我的二伯母无从想象，因为他根本没有见过我的二伯母。

正堂屋对面，隔一个天井，是穿堂。

穿堂对面原来有一排三开间的房子，是我的叔曾祖父的一个老姨太太住的。房子很旧了，屋顶上长了很多瓦松，隔扇上糊的白纸都已成了灰色。这位老姨太太多年衰病，总是躺着。这一排房子里听不到一点声音，非常寂静，只有这位老姨太太的女儿——我们叫她小姑奶奶，带着孩子来住一阵，才有一点活气。

老姨太太死了，她没有儿子，由我一个叔祖父过继给她。这位叔祖父行六，我们叫他六太爷。这是个很有风趣的人，很喜欢孩子。老姨太太逢七，六太爷要来守灵烧纸。烧了纸，他弄一壶酒，慢慢喝着，给孩子讲故事——说书，说《大侠甘凤池》，一直说到深夜。因此，我们总是盼着老姨太太逢七。

祖父过六十岁的头年，把东边的房屋改建了一下，正堂屋没动，穿堂加大了。老姨太太原来住的一排房子拆了，盖了一个“敞厅”。房屋翻盖的情况我还记得，先由瓦匠头、木匠头挖出整整齐齐的一方土，供在老爷柜上。破土后，请全体瓦木匠在正堂屋吃一次饭。这顿饭的特别处是有一碗泥鳅，泥鳅我们家是不进门的，但是请瓦木匠必得有这道菜，这是规矩。我觉得这规矩对瓦木匠颇有嘲讽意味。接着是上梁竖柱，放鞭炮，撒糕馒，如式。

敞厅的特点是敞，很宽敞。盖得后，祖父的六十大寿在这里布置过寿堂，宴过客，此外就没有怎么用过，平常总是空着。我的堂姐姐有时把两张方桌拼起来，在上面缝被子。

敞厅对面，一道砖墙之外，是花园。花园原来没有园名，祖父命之曰“民圃”，因为他字铭甫，取其谐音。我父亲选了两块方砖，刻了“民圃”两个小篆，嵌在一个六角小门的额上。但是我们还是叫它花园，不叫民圃。祖父六十大寿时自撰了一副长联，末署“民圃叟六十自寿”，“民圃”字样也只在长联里出现过，别处没有用过。

西边半截的房屋大概是祖父手里盖的，格局较小，主要房屋只是两个堂屋，上堂屋和下堂屋。

上堂屋两边的套间，东侧是三房，西侧是二房。

我的二伯父早逝，我没有见过。他房间里的板壁上挂着他的八寸放大照片，半侧身，穿着一身古典燕尾服，前身无下摆，雪白的圆角硬领衬衫，一只胳臂夹着一根象牙头的短手杖，完全是年轻的英国绅士派头，很英俊。听我父亲说，二伯父是个性格很刚烈的人。他是新党，但崇拜的不是孙文而是黄兴。有一次历史教员（那时叫作“教习”）在课堂上讲了黄兴几句不恭敬的话，他上去就给了这个教员一个嘴巴子。二伯父和我父亲那时都在南京读中学（旧制中学）。他的死也跟他的负气任性的脾气有关。放暑假从南京回来，路过镇江，带着行李，镇江车站的搬运工人敲了他们一下，索价很高。二伯父一生气，把几个人的行李绑在一起，一个人就背了起来。没有走几步，一口血吐在地上，从此不起。

二伯母守节有年，她变得有些古怪。我的小说《珠子灯》

里所写的孙小姐的原型，就是我的二伯母。

> 她变得有点古怪了，她屋里的东西都不许人动。王常生活着的时候是什么样子，永远是什么样子，不许挪动一点。王常生用过的手表、座钟、文具，还有他养的一盆雨花石，都放在原来的位置。孙小姐原是个爱洁成癖的人，屋里的桌子、椅子、茶壶茶杯，每天都要用清水洗三遍。自从王常生死后，除了过年之前，她亲自监督着一个从娘家陪嫁过来的女佣大洗一天之外，平常不许擦拭。里屋炕几上有一套茶具：一个白瓷的茶盘，一把茶壶，四个茶杯。茶杯倒扣着，上面落了细细的尘土。茶壶是荸荠形的扁圆的，茶壶的鼓肚子下面落不着尘土，茶盘里就清清楚楚留下一个干净的圆印子。
>
> 她病了，说不清是什么病。除了逢年过节起来几天，其余的时间都在床上躺着，整天地躺着，除了那个女佣，没有人上她屋里去。

有一个人是常上她屋里去的，我。我去了，坐在她床前的机凳上，陪她一会儿。她精神好的时候，教我《长恨歌》《西厢记·长亭》：

春风桃李花开日，
秋雨梧桐叶落时。

碧云天，
黄花地，
西风紧，
北雁南飞。
晓来谁染霜林醉，
总是离人泪。

也有的时候，她也会讲一点轻松一些的文学故事，念苏东坡嘲笑小妹的诗：

未出庭前三五步，
额头先到画堂前。

这样的时候，她脸上也会有一点笑意。她的记忆很好，教我念诗，都是背出来的。她背诗，抑扬顿挫，节奏很强，富于感情，因此她教过我的诗词，我一直记得很清楚。她的诗词，是邑中一个老名士教的。

她老是叫我坐在她床前吃东西，吃饭，吃点心。吃两口，她就叫我张开嘴让她看看。接着就自言自语："王二娘个猫，王二娘个猫，王二娘个猫。"不知道这是什么意思。她是王二娘，我是她的猫？有时我不在跟前，她一个人在屋里也叨咕："王二娘个猫，王二娘个猫。"

每年夏天，她要回娘家住一阵。归宁那天，且出不了房门哩。跨出来，转身又跨进去，跨出来，又跨进去。轿子等在大门口（她回娘家都是坐轿子），轿前两盏灯笼换了几次蜡烛，她还没跨出房门。

这种精神状态，我们那里叫作"魇"。

下堂屋左边是我父亲的画室，右边是"下房"，女佣住的地方。

下堂屋南，一道花瓦墙外，即是花园，墙上也有一个小六角门。

开开六角门，是一片砖墁的平地。更南，是花厅。花厅是我们这所住宅里最明亮的屋子，南边一溜全是大玻璃窗，听说我父亲年轻时常请一些朋友来，在花厅里喝酒，唱戏，吹弹歌舞，到我记事的时候，就没有看过这种热闹。花厅也总是闲着。放暑假，我们到花厅里来做假期作业。每年做酱的时候，我的祖母在花厅里摊晾煮熟的黄豆和烤过的发面饼，让豆、饼长毛发酵。花厅外的砖地上有一口大缸，装着豆酱，一口浅缸，装着甜面酱。

砖地东面，是一个花台，种着四棵很大的腊梅花，主干都有碗口粗，每年开很多花。这种腊梅的花心是紫檀色的。按说“磬口檀心”是腊梅的名种，但是我们那里重白心的，叫作“冰心腊梅”，而将檀心者起一个不好听的名称，叫“狗心腊梅”。下雪之后，上树摘花，是我的事。腊梅的骨朵很密。相中一大枝，折下来，养在大胆瓶里，过年。

腊梅花的对面，是两棵桂花。一棵金桂，一棵银桂。每年秋天，吐蕊开花。桂花树下，长了一片萱草，也没人管它，自己长得很旺盛。萱花未尽开时摘下，阴干，我们那里叫作金针，北方叫作黄花菜。我小时最讨厌黄花菜，觉得淡而无味。到了北方，学做打卤面，才知道缺这玩意还不行。

桂花树后，是南北向的花瓦墙，墙上开一圆门，即北方所说的月亮门。

出圆门，是一畦菜地。我的祖母每年在这里种乌青菜，即上海人所说的塌苦菜。这块菜地土很瘦，乌青菜都不肥大，而茎叶液汁浓厚，旋摘煮食，味道极好，远胜市上买来的，叫作“起水鲜”。经霜后，叶缘皆作紫红色，尤其甜美。

菜畦左侧有一棵紫薇，一房多高，开花时乱红一片，晃人眼睛。游蜂无数，——齐白石爱画的那种大个的黑蜂，穿花抢蕊，非常热闹。西侧，有一座六角亭，可以小坐。

菜畦东边有一条砖路。砖路尽处是一棵木瓜，一棵矾杏，一棵柿树，都很少结果。

树之外，是一座船亭。这是祖父六十大寿头年盖的。船头向东，两边墙上各开了海棠形的窗户。祖父盖船亭，是为了“无事此静坐”，但是他只来坐过几次，平常不来，经常锁着。隔着正面的玻璃隔扇，可以看到里面铁梨木琴几上摆着几件彝器，几把檀木椅子，萧萧爽爽。

船亭对面，有一棵很大的柳树。挨着柳树，是一个高高的花坛。花坛上原来想是栽了不少花的，但因为无人料理，只剩下一棵石榴，一丛鱼儿牡丹。鱼儿牡丹开一串一串粉红的花，花作鸡心形，像是童话里的植物。

花坛对面，是土山。这座土山不知是哪年堆成的。这些土是从园里挖出的，还是从外面运进来的，均不知道。土山左脚，种了两棵碧桃，一棵白的，一棵浅红的。碧桃花其实是很好看的，花开得很繁茂，花期也长，应该对它珍贵一点，但是大家都不把它当回事，也许因为它花开得太多，也太容易养活了。土山正面，种了四棵香橼，每年都要结很多。香橼就是“橘逾淮南则为枳”的枳，但其实枳和橘是两种植物。香橼秋天成熟。香橼的香气很冲，不大好闻。但香橼花的气味是很好的，苦甜苦甜的。花白色，瓣微厚，五出深裂，如小酒盏，很好看。山顶有两棵龙爪槐，一在东，一在西。西边的一棵是我的读书树。我常常爬上去，在分杈的树干上靠好，带一块带筋的干牛肉或一块榨菜，一边慢慢嚼着，一边看小说。土山外隔一道墙是一个尼庵，靠在树上可以看见小尼姑从井里汲水浇菜。这尼庵的尼姑是带发修行的，因此我看的小尼姑是一头黑发。

从土山东边下山，是一片空地。空地上有一口很大的缸，养着很大的金鱼，这是大伯父养的。因此，在我们的印象里这一边是大爷的地方。但是我们并未分家，小孩子是可以自由来去的。

金鱼缸的西北边有一架紫藤。盛花时，紫云拂地。花谢，垂下一根一根长长的刀豆。

鱼缸正北，一棵白丁香，一棵紫丁香。

丁香之左，一片紫鸢。

往南，墙边一丛金雀花。

紫鸢的东边，荒草而已。这片草地每年下面结不少甘露，我们那里叫作螺蛳菜或宝塔菜。甘露洗净后装白布袋，可入甜面酱缸腌渍。

草地之东有一排很大的冬青树。夏天开密密的小白花，也有香味。秋后结了很多紫色的胡椒粒大的果实。

冬青之外，是“草房”，堆草的屋子。我们那里烧草——芦柴，一次要置很多担草，垛积在一排空屋里。

冬青的北面，是花房，房顶南檐是玻璃盖的，原是大爷养花的地方，但他后来不养花了，花房就空着。一壁挂着一个老鹰风筝。据我父亲说这个老鹰是独脑线的，——只有一根脑线。老鹰风筝是大爷年轻时放过的。听我父亲说，放上去之后，曾有真的老鹰和它打过架。空空的花房里只有两盆颇大的夹竹桃。夹竹桃红花殷殷的，我忽然觉得有些紧张，因为天忽然黑下来了，只有我一个人，在空空的花园里。

听大人说，这花园里有一个白胡子老头。这白胡子老头是神仙，还是妖怪？但是，晚上是没有人到花园里去的，东边和西边的小六角门都上了铁锁。

我们这座花园实在很难叫作花园，没有精心安排布置过，草木也都是随意种植的，常有一点半自然的状态。但是这确是我童年的乐园，我在这里搁过很多蟋蟀，捉过知了、天牛、蜻蜓，捅过马蜂窝，——这马蜂窝结在冬青树上，有蒲扇大！

我的小学

我读的小学是县立第五小学，简称五小，在城北承天寺的旁边，五小有一支校歌。我在小说《徙》的开头提到这支校歌。歌词如下：

西挹神山爽气，
东来邻寺疏钟，
看吾校巍巍峻宇，
连云栉比列其中。
半城半郭尘嚣远，
无女无男教育同。
桃红李白，芬芳馥郁，
一堂济济坐春风。

愿少年，乘风破浪，

他日毋忘化雨功。

“神山爽气”是秦邮八景之一。“神山”即“神居山”，在高邮湖西，我没有去过，“爽气”也不知道是一种什么样子的气。“东来邻寺疏钟”的“邻寺”即承天寺。这倒是每天必须经过的。这是一座古寺，张士诚就是在承天寺称王的。张士诚攻下高邮在至正十三年（1353），称王在次年。那时就有这座寺了。以后也没听说重修过（我没见过重修碑记）。这也就是一个一般的寺庙。一个大雄宝殿，三世佛；殿后是站在鳌鱼头上的南海观音；西侧是罗汉堂，罗汉堂有一口大钟，我写的《幽冥钟》就是写的这口钟；东边是僧众的宿舍和膳堂，廊子上挂了一条很大的木头鱼，画出蓝色的鱼鳞，一口像倒挂的如意云头的铁磬，木鱼铁磬从来没听见敲响过。寺古房旧僧白头，佛像髹漆都暗淡了。看不出一点张士诚即位称王的痕迹。他在什么地方坐朝的呢？总不能在大雄宝殿上，也不会在罗汉堂里。

学校的对面，也就是承天寺的对面，是“天地坛”。原来大概是祭天地的地方，但我从小就没有见过祭天地。这是一片很大的空地，安下一个足球场还有富余。天地坛四边有砖砌的围墙，但是除了五小的学生来踢球、跑步，可以说毫无用处。坛的四面长满了荒草，草丛中有枸杞，秋天结了很多红果子，我们叫它“狗奶子”。

“巍巍峻宇”“连云栉比”，实在过于夸张了。一个只有六个班的小学，怎么能有这样高大，这样多的房子呢！

学校门外的地势比校内高，进大门，要下一个慢坡，慢坡是“站砖”铺的。不是笔直的，而是有点弯，不知道为什么，我们对这道弯弯的慢坡很有感情。如果它是笔直的，就没有意思了。

慢坡的东端是门房，同时也是斋夫（校工）詹大胖子的宿舍。詹大胖子墙上挂着一架时钟，桌上有一把铜铃，一个玻璃匣子放着花生糖、芝麻糖，是卖给学生吃的。学校不许他卖，他还是偷偷地卖。

詹大胖子的房子的对面，隔着慢坡，是大礼堂。大礼堂的用处是做“纪念周”，开“同乐会”。平常日子，是音乐教室，唱歌。

大礼堂的北面是校园。校园里花木不多，比较突出的是一架很大的“十姊妹”。我对这个校园留下很深的印象是：

有一年我们县境闹蝗虫，蝗虫一过，遮天蔽日，学校里遍地都是蝗虫，我们见蝗虫就捉，到校园里用两块砖头当磨子，把蝗虫磨得稀烂，蝗虫太可恶了！

校园之北，是教务处。一个很大的房间，两边靠墙摆了几张三屉桌，供教员备课，批改学生作业。当中有一张相当大的会议桌。这张会议桌平常不开会，有一个名叫夏普天的教员在桌上画炭画像。这夏普天（不知道为什么，学生背后都不称他为“夏先生”，径称之为“夏普天”，有轻视之意）在教员中有其特别处。一是他穿西服（小学教员穿西服者甚少）；二是他在教小学之外还有一个副业：画像。用一个刻有方格的有四只脚的放大镜，放在一张照片上，在大张的画纸上画了经纬方格，看着放大镜，勾出铅笔细线条，然后用剪秃了的羊毫笔，蘸炭粉，涂出深浅浓淡。说是“涂”不大准确，应该说是“蹭”。我在小学时就知道这不叫艺术，但是有人家请他画，给钱。夏普天的画像真正只是谋生之术。夏家原是大族，后来败落了。夏普天画像，实非得已。过了好多年，我才知道夏普天是我们县的最早的共产党员之一！夏普天给我的印象是：一个非常聪明的人。

教务处的北面是幼稚园。现在一般都叫幼儿园，我入园时叫幼稚园。五小设幼稚园是创举。这个幼稚园是全县第一个幼稚园。

幼稚园的房子是新盖的，一切都是新的，新砖、新瓦、新门、新窗。这座房子有点特别，是六角形的。进门，是一个宽敞明亮的大厅。铺着漆成枣红色的地板，用白漆画出一个很大的圆圈。这圆圈是为了让“小朋友”沿着唱歌跳舞而画出的。“小朋友”每天除了吃点心，大部分时间是唱歌跳舞。规定：上幼稚园的“小朋友”的家里都要预备一双“软底鞋”，——普通的布鞋，但是鞋底是几层布“绗①”出来的软底。

幼稚园的老师是王文英，她是我们县里头一个从“幼稚师范”毕业的专业老师。整个幼稚园只有一个老师，教唱歌、跳舞都是她。我在幼稚园学过很多歌，有一些是“表演唱”。我至今记得的是《小羊儿乖乖》，母亲出去了，狼来了：

狼：小羊儿乖乖，

把门儿开开，

① 绗（háng）：一种缝纫方法。通常指用针线粗缝，把棉絮固定在里子上，使它不滑动。

快点儿开开，
我要进来。
小羊：不开不开不能开，
母亲不回来，
谁也不能开！
狼：小兔子乖乖，
把门儿开开，
快点儿开开，
我要进来。
小兔：不开不开不能开，
母亲不回来，
谁也不能开！
狼：小螃蟹乖乖，
把门儿开开，
快点儿开开，
我要进来。
小螃蟹：就开就开我就开——（开门）
狼：啊呜！（把小螃蟹吃了）
小羊、小兔：可怜小螃蟹，从此不回来！

另外还有：

拉锯，送锯，

你来，我去。

拉一把，推一把，

哗啦哗啦起风啦。

小小狗，快快走；

小小猫，快快跑！

（王老师除了教唱，领着小朋友唱，还用一架风琴伴奏。）

幼稚园门外是一个游戏场，有一个沙坑，一架秋千，还有一个“巨人布”。一根粗大柱，半截埋在土里，柱顶有一个火炬形的顶子，顶与柱之间是铁的轴辊，柱顶牵出八条粗麻绳，小朋友各攥住一根麻绳，连跑几步，蜷起腿一悠，柱顶即转动，小朋友能悠好多圈。我到现在还不知道这个游戏器械为什么叫“巨人布”——也许应该写成“巨人步”。这种游戏大概是从外国传进来的。

在全班小朋友中我是最受王老师宠爱的。我们那一班临毕业前曾在游戏场上照了一张合影。我骑在一头木马上。这是我第一次留了一回马上英姿（另外还有一个同学骑在一个灰色的木鸭子上，其他小朋友都蹲着，坐着）。

我离开五小后很少和王老师见面。我十九岁离开家乡，和王老师不通音问。她和我的初中国文老师张道仁先生结了婚，我也不知道。

一九八六年我回了一次故乡，带了两盒北京的果脯，去看张老师和王老师。我给张老师和王老师都写了一张字。给王老师写的是一首不文不白的韵文：

“小羊儿乖乖，
把门儿开开。”
歌声犹在，耳畔徘徊。
念平生美育，
从此培栽。
我今亦老矣，
白髭盈腮。
但师恩母爱，
岂能忘怀。
愿吾师康健，

长寿无灾。

这首“诗”使王老师哭了一个晚上。她对张先生说：“我教过那么多学生，长大了，还没有一个来看过我的。”张先生非常感慨地再三说：“师恩母爱！师恩母爱！……”他说王老师告诉他，我上幼稚园的时候还戴着我妈妈的孝。王老师不说，我还真不记得。

教务处和幼稚园的东面，是一、二、三、四年级教室，两排。两排教室之前是一片空地。空地的路边有几棵很大的梧桐，到了秋天，落了一地很大的梧桐叶。我很小的时候就知道“一叶落而天下惊秋”，而且不胜感慨。我们捡梧桐子。梧桐子炒熟了，是可以吃的，很香。

往后走，是五年级、六年级教室。这是另外一个区域，不仅因为隔着一个院子，有几棵桂花，而且因为五、六年级是“高年级”（一、二年级是初年级，三、四年级是中年级），到了这里俨然是“大人”了，不再是毛孩子了。

五年级教室在西边的平地上。教室外面是一口塘，塘里有鱼，常常看到有打鱼的来摸鱼，有时摸上很大的一条。从五年级的北窗伸出钓竿，就可以钓鱼。我有一次在窗里看着一条大黑鱼咬了钩，心里怦怦跳。不料这条大黑鱼使劲一挣，把钩线挣断了，它就带着很长的一截钓线游走了！

六年级教室在一座楼上。这楼是承天寺的旧物，年久失修，真是一座“危楼”，在楼上用力蹦跳，楼板都会颤动。然而它竟也不倒。

我小时了了。去年回乡，遇到一个小学同班姓许的同学（他现在是有名的中医），说我多年都是全班第一。他大概记得不准，我从三年级后算术就不好。语文（初中年级叫“国语”，高年级叫“国文”）倒是总是考第一的。

我觉得那时的语文课本有些篇是选得很好的。一年级开头虽然是“大狗跳，小狗叫”，后面却有《咏雪》这样的诗：

一片一片又一片，
两片三片四五片。
七片八片九十片，
飞入芦花都不见。

我学这一课时才虚岁七岁，可是已经能够感受到“飞入芦花都不见”的美。我现在写散文、小说所用的方法，也许是从“飞入芦花都不见”悟出的。

二年级课文中有两则谜语，其中一则是：

远观山有色，
近听水无声。
春去花还在，
人来鸟不惊。

谜底是：画。这对培养儿童的想象力是有好处的。

我希望教育学家能搜集各个时期的课本，研究研究，吸取有益的部分，用之今日。

教三、四年级语文的老师是周席儒。我记不得他教的课文了，但一直觉得他真是一个纯然儒者。他总是坐在三年级和四年级教室之间的一间小屋的桌上批改学生的作文，“判”大字。他判字极认真，不只是在字上用红笔画圈，遇有笔画不正处，都用红笔矫正。有“间架”不平衡的字，则于字旁另书此字示范。我是认真看周先生判的字而有所领会的。我的毛笔字稍具功力，是周先生砸下的基础。周先生非常喜欢我。

教五年级国文的是高北溟先生。关于高先生，我写过一篇小说《徙》。小说，自然有很多地方是虚构，但对高先生的为人治学没有歪曲。关于高先生，我在下一篇《初中》中大概还会提到，此处从略。

教六年级国文的是张敬斋。张先生据说很有学问，但是他的出名却是因为老婆长得漂亮，外号“黑牡丹”。他教我们《老残游记》，讲得有声有色。我留下印象最深的是大明湖上的对联：“四面荷花三面柳，一城山色半城湖。”这使我对济南非常向往。但是他讲“黑妞白妞说书”，文章里提到一个湖南口音的人发了一通议论，张先生也就此发了一通议论，说：为什么要说“湖南口音”呢？因为湖南话很蛮，俗说是“湖南骡子”。这实在是没有根据。我长大后到过湖南，从未听湖南人说自己是“骡子”。外省人也不叫湖南人是“湖南骡子”。不像外省人说湖北人是“九头鸟”，湖北人自己也承认。也许张先生的话有证可查，但我小时候就觉得他是胡说。不知道为什么，我对张先生的“歪批”总也忘不了。

我在五小颇有才名，是因为我的画画很不错。教我们图画的老师姓王，因为他有一个口头语：“譬如”，学生就给他起了个外号：“王譬如”。王先生有时带我们出校“野外写生”，那是最叫人高兴的事。常去的地方是运河堤，因为离学校很近。画得最多的是堤上的柳树，用的是六个B的铅笔。

一九九一年十月，我回高邮，见到同班同学许医生，他说我曾经送过他一张画：只用大拇指蘸墨，在纸上一按，加几笔犄角、四蹄、尾巴，就成了一头牛。大拇指有腡纹，印在纸上有牛毛效果。我三年级时是画过好些这种牛，后来就没有再画。

我对五小很有感情。每天上学，暑假、寒假还会想起到五小看看。夏天，到处长了很高的草。有一年寒假，大雪之后，我到学校去。大门没有锁，轻轻一推就开了。没有一个人，连詹大胖子也不在。一片白雪，万籁俱静。我一个人踏雪走了一会儿，心里很感伤。

我十九岁离乡，六十六岁回故乡住了几天。我去看看我的母校：什么也没有了，承天寺、天地坛，都没有了。五小当然没有了。

这是我的小学，我亲爱的，亲爱的小学！

“愿少年，乘风破浪，

他日毋忘化雨功。”

我的初中

初中全名是高邮县立初级中学，是全县的最高学府。我们县过去连一所高中都没有。

地点在东门。原址是一个道观，名曰“赞化宫”。我上初中时，二门楣上还保留着“赞化宫”的砖额，字是《曹全碑》体隶书，写得不错，所以我才记得。

赞化宫的遗物只有：一个白石砌的圆形的放生池，池上有石桥。平日池干见底，连日大雨之后有水。东北角有一座小楼，原是供奉吕祖的。年久失修，岌岌可危。吕祖楼的对面有一土阜。阜上有亭，倒还结实。亭子的墙壁外面涂成红色。我们就叫它“小亭子”。亭之三面有圆形的窗洞，拳起两脚，坐在窗洞里，可以俯看墙外的土路。小亭之下长了相当大一丛紫竹。紫竹皮色深紫，极少见。我们县里好像只有这一丛紫竹，不知是何年、何人所种。小亭子左边有一棵楮树，我们那里叫“壳树”。楮树皮可造纸，但我们那里只是采其大叶以洗碗。因为楮叶有细毛，能去油腻。还有一棵很奇怪的树，叫“五谷树”，一棵结五种形状不同的小果子，我们家乡从哪一种果子结得多少，以占今年宜豆宜麦。

初中的主要房屋是新建的。靠南墙是三间教室，依次为初一、初二、初三，对面是教导处和教员休息室。初三教室之东，有一个圆门，门外有一座楼，两层。楼上是图书馆，主要藏书是几橱万有文库。楼下是“住读生”的宿舍，初中学生大部分是“走读”，有从四乡村镇来的学生，城区无亲友家可寄住，就住在学校里，谓之“住读”。

初中的主课是“英（文）、国（文）、算（数学）”。学期终了结算学生的总平均分数，也只计算这三门。

初一、初二的英文没有学到什么东西，因为教员不好。初三却有一门奇怪的课：“英文三民主义”。不知道这是国民党的统一规定，还是我们学校里特别设置的。教这一课的是校长耿同霖。耿同霖解放后被枪毙了，不知道他有什么罪恶，但他在当我们的校长时看不出有多坏。他有一个习惯，讲话或上课时爱用两手摩擦前胸。他老是穿一件墨绿色的毛料的夹袍。在我的想象里，他被枪毙时也是穿的这件夹袍。

初一、初二国文是高北溟先生教的。他的教学法大体如我在小说《徙》中所写的那样。有些细节是虚构的，如小说中写高先生编过一本《字形音义辨》，实际上他没有编过这样一本书，他只是让学生每周抄写一篇《字辨》上的字。但他编过一些字形的歌诀，如："戌横、戍点、戊中空。"《国学常识》是编过一本讲义的，学生要背："三坟五典八索九丘"，"乾三连、坤六断、震仰盂、艮覆碗"……他讲书前都要朗读一遍。有时从高先生朗读的顿挫中学生就能体会到文义。"小子识之：苛政猛于虎也！""永州之野产异蛇，黑质而白章……"他讲书，话不多，简明扼要。如讲《训俭示康》："……'厅事前仅容旋马'，闭目一想，就知道房屋有多狭小了。"这使我受到很大启发，对写小说有好处。小说的描叙要使读者有具体的印象。如果记录厅事的尺寸，即无意义。高先生教书很严，学生背不出来，是要打手心的。我的堂弟汪曾炜挨过多次打，因为他小时极其顽皮，不用功。曾炜后来发愤读书，现在是著名的心脏外科专家了。我的同班同学刘子平后来在高邮中学教书，和高先生是同事了，曾问过高先生："你从前为什么对我们那么严？"高先生叹了一口气，说："我现在想想，真也不必。”小说《徙》中写高先生在初中未能受聘，又回小学去教书了，是为了渲染高先生悲怆遭遇而虚构的，事实上高先生一直在高邮中学任教，直至寿终。

教初三国文的是张道仁先生。他是比较有系统地把新文学传到高邮来的。他是上海大夏大学毕业的。我在写给张先生的诗中有两句：“汲源来大夏，播火到小城。”一九八六年，我和张先生提起，他说他主要根据的是孙俍工的一本书。

教初二代数的是王仁伟先生。王先生少孤。他的父亲曾游食四方。王先生曾拿了一册他的父亲所画的册页，让我交给我父亲题字。我看了这套册页，都是记游之作。其中有驴、骡、骆驼，大概是在北方的时候多。王先生学历不高，没有上过大学。他的家境不宽裕，白天在学校上课，晚上还要在家里为十多个学生补习，够辛苦的。也许因此他的脾气不好，多疑而易怒，见人总是冷着脸子。我的代数不好。但王先生却很喜欢我。我有一次病了几天，他问我的堂哥汪曾浚（他和我同班）：“汪曾祺的病怎么样？”我那堂哥回答：“他死不了。”王先生大怒，说：“你死了我也不问！”

教初三几何的是顾调笙先生。他同时是教导主任。他是中央大学毕业的，中央大学是名牌国立大学，因此他看不起私立大学毕业的教员，称这种大学为“野鸡大学”，有时在课堂公开予以讥刺。他对我的几何加意辅导，因为他一心想培养我将来进中央大学，学建筑，将来当建筑师。学建筑同时要具备两种条件，一是要能画画，一是要数学好，特别是几何。我画画没有问题，数学——几何却不行。他在我身上花了很多工夫，没有效果，叹了一口气说：“你的几何是桐城派几何！”桐城派文章简练，而几何是要一步步论证的，我那种跳跃式的演算，不行！顾先生走路总是反抄着两手，因为他有点驼背，想用这种姿势纠正过来。他这种姿势显得人更为自负。

教美术的是张杰夫先生。“夫”字的行草似“大人”两个字合在一起，学生背后便称之为“杰大人”。他不是本地人，是盐城人，上海艺专毕业。他画水彩，也画国画。每天写大字一张，临《礼器碑》。《礼器碑》用笔结体都比较奇峭，高邮人不欣赏。他的业绩是开辟了一个图画教室，就在吕祖楼东边的一排闲房里，订制了画架、画板（是银杏木的）。我们这才知道画西洋画是要把纸钉在画板上斜立在画架上画的（过去我们画画都是把纸平放在桌子上画的）。三年级以后，画水彩画，我开始知道分层布色，知道什么叫“笔触”。我们画的次数最多的是鱼，两条鱼，放在瓷盘里。我们最有兴趣的是倒石膏模子。张先生性格有点孤僻，和本地籍的同事很少来往。算是知交的，只有一个常州籍教地理学的史先生。史先生教了一学年，离开了。张先生写了一首诗送他："侬今送君人笑痴，他日送侬知是谁？"这是活剥《葬花词》，但是当时我们觉得写得很好，很贴切。大概当时的教员都有一点无端的感伤主义。

教音乐的也是一位姓张的先生，他的特别处是发给学生的乐谱不是简谱，是线谱；教了一些外国歌。我学会《伏尔加船夫曲》就是在那时候。张先生郁郁不得志，他学历不高，薪水也低。

东门外是刑场。出东门，有一道铁板桥，脚踏在上面，咚咚地响。桥下是水闸，闸上闸下落差很大，水声震耳，如同瀑布。这道桥叫作"掉魂桥"，说是犯人到了桥上，魂就掉了。过去刑人是杀头的。东门外南北大路也有四五个圆的浅坑，就是杀人的遗迹。据说，犯人跪在坑里，由刽子手从后面横切一刀，人头就落地了。后来都改成枪毙了，我们那里叫作"铳人"。在教室里上着课，听着凄厉的拉长音的号声，就知道：铳人了。一下课，我们就去看。犯人的尸首已经装在一具薄皮棺材里，抬到城墙外面的荒地里，地下一摊泛出蓝光的血。

东门之东，过一小石桥，有几间瓦房。原来大概是一个什么祠，后来成了耕种学田的农民的住家。瓦房外是打谷场。有一棵大桑树。桑树下卧着一头牛。不知道为什么，我一想起桑树和牛，就很感动，大概是因为看得太熟了。

城墙下是护城河，就是流经掉魂桥的河。沿河种了一排很大的柳树。柳树远看如烟，有风则起伏如浪。我第一次体会到什么是“烟柳”“柳浪”，感受到中国语言之美。可以这样说：这排柳树教会我怎样使用语言。

往南走，是东门宝塔。

除了到打谷场上看看，沿护城河走走，我们课余的活动主要有：爬城墙、跳河。

操场东面，隔一道小河，即是城墙。城墙外壁是砖砌的，内壁不封砖，只是夯土。内壁有一点坡度，但还是很陡。我们几乎每天搞一次登山运动。上了陡坡，手扶垛口，心旷神怡。然后由陡坡飞奔而下，这可是相当危险的，无法减速，下到平地，收不住脚，就会一直蹿到河里去。

操场北面，沿东城根到北城根，虽在城里，却很荒凉。人家不多，很分散。有一些农田，东一块，西一块，大大小小，很不规整。种的多是杂粮，豆子、油菜、大麦……地大概是无主的地，种地的也不正经地种，荒秽不治，靠天收。地块之间，芦荻过人。我曾经在一片开着金黄的菊形的繁花的茼蒿上面（茼蒿开花时高可尺半）看到成千上万的粉蝶，上下翻飞，真是叫人眼花缭乱。看到这种超常景象，叫人想狂叫。

这里有很多野蔷薇，一丛一丛，开得非常旺盛。野蔷薇是单瓣的，不耐细看，好处在多，而且，甜香扑鼻。我自离初中后，再也没有看到这样多的野蔷薇。

稍远处有一片杂木林。我有一次在林子里看到一个猎人。我从来没有看到过猎人。我们那里打鱼的很多，打猎的几乎没有。这个猎人黑瘦瘦的，眼睛很黑，他穿了一身黑的衣裤，小腿上缠了通红的绑腿。这个猎人给我一种非常猛厉的印象。他在追逐一只斑鸠。斑鸠已经发觉，它在逃避。斑鸠在南边的树头枝叶密处，猎人从北往南走。他走得从容不迫，一步，一步。快到树林南边。斑鸠一翅飞到北边树上。猎人又由南往北走，一步，一步。这是一种无声的紧张，持续的意志的角逐。我很奇怪，斑鸠为什么不飞出树林。这样往复多次，斑鸠慌神了，它飞得不稳了。一声枪响，斑鸠落地。猎人拾起斑鸠，放进猎袋，走了。他的大红的绑腿鲜明如火。我觉得斑鸠和猎人都很美。

这一片荒野上有一些纵横交错的小河。我们几乎每天来比赛“跳河”。起跑一段，纵身一跳，跳到对岸。河阔丈许，跳不好就会掉在河里，但我的记忆中似没有一人惨遭灭顶。

跳河有大王，大王名孙普，外号黑皮。他是多宽的河也敢跳的。

赞化宫之外，有一处房屋也是归初中使用的：孔庙。孔庙离赞化宫很近，往西三分钟即到。孔庙大门前有一个半圆形的“泮池”，常年有水，池上围以石栏。泮池南面是一片大坪场，整整齐齐地栽了很多松树，都已经很大了。孔庙的主体建筑是“明伦堂”，原是祭孔的地方，后来成了初中的大礼堂。至圣先师的牌位被请到原来住“训导”“教谕”的厢房里去了，原来供牌位的地方挂了孙中山。明伦堂的东西两壁挂了十六条彩印的条幅，都是民族英雄，有苏武牧羊、闻鸡起舞、班超投笔、木兰从军……其余的，记不得了。为什么要挂这样的画？这时九一八事变已经发生，全国上下抗战救国情绪高涨。我们的国文、历史课都增加培养民族意识的内容，作文也多出这方面的题目。有一次高北溟先生出了一道作文题：“救国策”，我那堂哥汪曾浚劈头写道：“国将亡，必欲救，此不易之理也。”他的名句我一直记得。他大概读了一些《东莱博议》之类的书，学会了这种调调。这有点可笑，一个初中学生能拿出什么救国之策呢？但是大敌当前，全民奋起，精神可贵。我到现在还觉得应该教初中、小学的学生背会《木兰辞》，唱“苏武留胡节不辱”。这对培养青少年的情操和他们的审美意识，都是有好处的。

他乡寄意

抗日战争时期，昆明重庆流传一则谜语：航空信——打一地名。谜底是：高邮。这说明知道我的家乡的人还是不少的。但是多数人对我的家乡的所知，恐怕只限于我们那里出咸鸭蛋，而且有双黄的。我遇到很多外地人问过我：你们那里为什么出双黄鸭蛋？我也回答过，说这和鸭种有关；我们那里水多，小鱼小虾多，鸭吃多了小鱼虾，爱下双黄蛋。其实这是想当然耳。直到现在，我也说不清这是什么道理。敝乡真是“小地方”，经济、文化都比较落后，只落得以产双黄鸭蛋而出名，悲哉！

我的家乡过去是相当穷的。穷的原因是多水患。我们那里是水乡，人家多傍水而居，出门就得坐船。秦少游诗云：“菰蒲深处疑无地，忽有人家笑语声。”大抵里下河一带都是如此。县城的西面是运河，运河西堤外便是高邮湖。运河河身高，几乎是一条“悬河”，而县境的地势低，据说运河的河底和县城的城墙一般高。这可能有一点夸张。但我们小时候到运河堤上去玩，站在河堤上，是可以俯瞰下面人家的屋顶的。城里的孩子放风筝，风筝飘在堤上人的脚底下。这样，全县就随时处在水灾的威胁之中。民国二十年的大水我是亲历的。湖水侵入运河，运河堤破，洪水直灌而下，我家所住的东大街成了一条激流汹涌的大河。这一年水灾，毁坏田地房屋无数，死了几万人。我在外面这些年，经常关心的一件事，是我的家乡又闹水灾了没有。前几年，我的一个在江苏省水利厅当总工程师的初中同班同学到北京开会，来看我。他告诉我：高邮永远不会闹水灾了。我于是很想回去看看。我十九岁离乡，在外面已四十多年了。

苏北水灾得到根治，主要是由于修建了江都水利枢纽和苏北灌溉总渠。这是两项具有全国意义的战略性的水利工程，我的初中同班同学是参与这两项工程的主要设计者之一。我参观了江都水利枢纽，对那些现代化的机械一无所知，只觉得很壮观。但是我知道，从此以后，运河水大，可以泄出；水少，可以从长江把水调进来，不但旱涝无虞，而且使多少万人的生命得到了保障。呜呼，厥功伟矣！

我在家乡住了约一个星期。每天早起，我都要到运河堤上走一趟。运河拓宽了。小时候我们过运河去玩，由东堤到西堤，两篙子就到了。现在西门宝塔附近的河面宽得像一条江。我站在平整坚实的河堤上，看着横渡的轮船，拉着汽笛，悠然驶过，心里说不出的感动。

县境内的河也都经过统一规划，综合治理了，交通、灌溉都很方便。很多地方都实现了电力灌溉。我看了几份材料，都说现在是“要水一声喊，看水穿花鞋”。这两句话有点大跃进的味道，而且现在的妇女也很少穿花鞋的。不过过去到处可见的长到三十二轧的水车和凉亭似的牛车棚确实看不到了。我倒建议保留一架水车，放在博物馆里，否则下一辈人将不识水车为何物。

由于水利改善，粮食大幅度地增产了。过去我们那里的田，打五百斤粮食，就算了不起了；现在亩产千斤，不成问题。不少地方已达“吨粮”——亩产两千斤。因此，农民的生活大大提高了。很多人家盖起了新房子，砖墙、瓦顶、玻璃窗，门外种着西番莲、洋菊花。农村姑娘的衣着打扮也很入时，烫发、皮鞋，嗐！

不过粮食增产有到头的时候。两千斤粮食又能卖多少钱呢？单靠农业，我们那个县还是富不起来的，希望还在发展工业上。我希望地方的有识之士动动脑筋，也可以把在外面工作的内行请回去出出主意。到二〇〇〇年，我的故乡应当会真正变个样子，成为一个开放型的城市。这样，故乡人民的心胸眼界才有可能开阔起来，摆脱小家子气。

我们那个县从来很难说是人文荟萃之邦。不但和扬州、仪征不能比，比兴化、泰州也不如。宋代曾以此地为高邮军，大概繁盛过一阵，不少文人都曾在高邮湖边泊舟，宋诗里提及高邮的地方颇多。那时出过鼎鼎大名、至今为故乡人引为骄傲的秦少游，还有一位孙莘老。明代出过一个散曲家兼画家的王西楼。清代出过王氏父子——王念孙、王引之。还有一位古文家夏之蓉。此外，再也数不出多少名人了。而且就是这几位名人，也没有在我的家乡产生多大的影响。秦少游没有留下多少遗迹。原来的文游台下有一个秦少游读书处，后来也倒塌了。连秦少游老家在哪里，也都搞不清楚，实在有点对不起这位绝代词人。听说近年发现了秦氏宗谱，那么这个问题可能有点线索了吧。更令人遗憾的是历代研究秦少游的故乡人颇少。我上次回乡看到一部《淮海集》，是清版。

我们县应该有一部版本较好的《淮海集》才好。近年有几位青年有志于研究秦少游，地方上应该予以支持。王西楼过去知道的人更少。我小时候在家乡就没有读过一首王西楼的散曲，只是现在还流传一句有地方特点的歇后语：“王西楼嫁女儿——话（画）多银子少。”《王西楼乐府》最初是在高邮刻印的，最好能找到较早的版本。我希望家乡能出一两个王西楼专家。散曲的谱不是很难找到，能不能把王西楼的某些散曲，比如那首有名的《唢呐》，翻成简谱在县里唱一唱？如果能组织一场王西楼散曲演唱晚会，那是会很叫人兴奋的。王念孙父子在清代训诂学界影响很大，号称“高邮王氏之学”。但是我的很多家乡人只知道“独旗杆王家”，至于王家是怎么回事，就不大了然了。我也希望故乡有人能继承光大王氏之学。前年高邮在王氏旧宅修建了高邮王氏纪念馆，让我写字，我寄去一副对联：“一代宗师，千秋绝学；二王余韵，百里书声。”下联实是我对于乡人的期望。

以上说的是传统文化。对于现代科学，我们高邮人做出贡献的也有。比如孙云铸，是世界有名的古生物学家、地层学家。他的《中国北方寒武纪动物化石》是我国第一部古生物学专著。我初到昆明时，曾到他家去过。他家桌上、窗台上，到处都是三叶虫化石。这是一位很纯正的学者。可是故乡人知道他的不多。高邮拟修县志，我希望县志里有孙云铸的传。我也希望故乡的后辈能继承老一辈严谨的治学精神。

我们县是没有多少名胜古迹的。过去年代较久，建筑上有特点的，是几座庙：承天寺、天王寺、善因寺。现在已经拆得一点不剩了。西门宝塔还在，但只是孤零零的一座塔，周围是一片野树。高邮的“刮刮老叫”的古迹是文游台，这是苏东坡、秦少游等名士文人雅集之地，我们小时候春游远足，总是上文游台。登高四望，烟树帆影、豆花芦叶，确实是可以使人胸襟一畅的。文游台在敌伪时期，由一个姓王的本地人县长重修了一次，搞得不像样子。重修后的奎楼、公园也都不理想。请恕我说一句直话：有点俗。听说文游台将重修，不修便罢，修就修好。文游台既是宋代的遗迹，建筑上要有点宋代的特点，比如大斗拱、素朴的颜色，千万不要因陋就简，或者搞得花花绿绿的。

我离乡日久，鬓毛已衰，对于故乡一无贡献，很惭愧。《新华日报》约我为《故乡情》写稿，略抒芹意，希望我的乡人不要见怪。

文游台

文游台是我们县首屈一指的名胜古迹。

台在泰山庙后。

泰山庙前有河，日澄河。河上有一道拱桥，桥很高，桥洞很大。走到桥上，上面是天，下面是水，觉得体重变得轻了，有凌空之感。拱桥之美，正在使人有凌空感。我们每年清明节后到东乡上坟都要从桥上过（乡俗，清明节前上新坟，节后上老坟）。这正是杂花生树，良苗怀新的时候，放眼望去，一切都使人心情舒畅。

澄河产瓜鱼，长四五寸，通体雪白，莹润如羊脂玉，无鳞无刺，背部有细骨一条，烹制后骨亦酥软可吃，极鲜美。这种鱼别处其实也有，有的地方叫水仙鱼，北京偶亦有卖，叫面条鱼。但我的家乡人认定这种鱼只有我的家乡有，而且只有文游台前面澄河里有。家乡人爱家乡，只好由着他说。不过别处的这种鱼不似澄河所产的味美，倒是真的。因为都经过冷藏转运，不新鲜了。为什么叫“瓜鱼”呢？据说是因黄瓜开花时鱼始出，到黄瓜落架时就再捕不到了，故又名“黄瓜鱼”。是不是这么回事，谁知道。

泰山庙亦名东岳庙，差不多每个县里都有的，其普遍的程度不下于城隍庙。所祀之神称为东岳大帝。泰山庙的香火是很盛的，因为好多人都以为东岳大帝是管人的生死的。每逢香期，初一、十五，特别是东岳大帝的生日（中国的神佛都有一个生日，不知道是从什么档案里查出来的），来烧香的善男信女（主要是信女）络绎不绝。一进庙门就闻到一股触鼻的香气。从门楼到甬道，两旁排列的都是乞丐，大都伪装成瞎子、哑巴、烂腿的残废（烂腿是用蜡烛油画的），来烧香的总是要准备一两吊铜钱施舍给他们的。

正面是大殿，神龛里坐着大帝，油白脸，疏眉细目，五绺长须，颇慈祥的样子，穿了一件簇新的大红蟒袍，手捧一把折扇。东岳大帝何许人也？据说是《封神榜》上的黄飞虎！

正殿两旁，是“七十二司”，即阴间的种种酷刑，上刀山、下油锅、锯人、磨人……这是对活人施加的精神威慑：你生前做坏事，死后就是这样！

我到泰山庙是去看戏。

正殿的对面有一座戏台。戏台很高，下面可以走人。这倒也好，看戏的不会往前头挤，因为太靠近，看不到台上的戏。

戏台与正殿之间是观众席。没有什么“席”，只是一片空场，看戏的大都是站着。也有自己从家里扛了长凳来坐着看的。

没有什么名角，也没有什么好戏。戏班子是“草台班子”，因为只在里下河一带转，亦称“下河班子”，唱的是京戏，但有些戏是徽调。不知道为什么，哪个班子都有一出《扫松下书》。这出戏剧情很平淡，我小时最不爱看这出戏。到了生意不好，没有什么观众的时候（这种戏班子，观众入场也还要收一点钱），就演《三本铁公鸡》，再不就演《九更天》《杀子报》。演《杀子报》是要加钱的，因为下河班子的闻太师勾的是金脸。下河班子演戏是很随便的，没有准调准词。只有一年，来了一个叫周素娟的女演员，是个正工青衣，在南方的科班时坐科学过戏，唱戏很规矩，能唱《武家坡》《汾河湾》这类的戏，甚至能唱《祭江》《祭塔》……我的家乡真懂京戏的人不多，但是在周素娟唱大段慢板的时候，台下也能鸦雀无声，听得很入神。周素娟混得到里下河来搭班，是“卖了胰子”——落魄了。

有一个班子有一个大花脸，嗓子很冲，姓颜，大家就叫他颜大花脸。有一回，我听他在戏台旁边的廊子上对着烧开水的“水锅”大声嚷嚷：“打洗脸水！”我从他的声音里听出了一腔悲愤，满腹牢骚。我一直对颜大花脸的喊叫不能忘。江湖艺人，吃这碗开口饭，是充满辛酸的。

泰山庙正殿的后面，即属于文游台范围，沿砖路北行，路东有秦少游读书台。更北，地势渐高，即文游台。台基是一个大土墩。墩之一侧为四贤祠。四贤，说法不一。这本是一个“淫祠”，是一位“蒲圻先生”把它改造了的。蒲圻先生姓胡，字尧元。明代张綖《谒文游台四贤祠》诗云：“迩来风流久澌烬，文游名在无遗踪。虽有高台可游眺，异端丹碧徒穹窿。嘉禾不植稂莠盛，邦人奔走如狂朦。蒲圻先生独好古，一扫陋俗隆高风。长绳倒拽淫象出，易以四子衣冠容。”这位蒲圻先生实在是多事，把“淫象”留下来让我们看看也好。我小时到文游台，不但看不到淫象，连“四子衣冠容”也没有，只有四个蓝地金字的牌位。墩之正面为盍簪堂。“盍簪”之名，比较生僻。出处在《易经》。《易·豫》：“勿疑，朋盍簪。”王弼注：“盍，合也；簪，疾也。”孔颖达疏：“群朋合聚而疾来也。”如果用大白话说，就是“快来堂”。我觉得“快来堂”也挺不错。我们小时候对盍簪堂的兴趣比四贤祠大得多，因为堂的两壁刻着《秦邮帖》。小时候以为帖上的字是这些书法家在高邮写的。不是的，是把名家的书法杂凑起来的（帖都是杂凑起来的）。帖是清代嘉庆年间一个叫师亮采的地方官属钱梅溪刻的。钱泳《履园丛话》：“二十年乙亥……是年秋八月为韩城师禹门太守刻《秦邮帖》四卷，皆取苏东坡、黄山谷、宋元章、秦少游诸公书，两殿以松雪、华亭二家。”曾有人考证，帖中书颇多“赝鼎”，是假的，我们不管这些，对它还是很有感情。我们用薄纸蒙在帖上，用铅笔来回磨蹭，把这些字“塌”下来带回家，有时翻出来看看，觉得字都很美。

盍簪堂后是一座木结构的楼，是文游台的主体建筑。楼颇宏大，东西两面都是大窗户。我读小学时每年“春游”都要上文游台，趴在两边窗台上看半天。东边是农田，碧绿的麦苗，油菜、蚕豆正在开花，很喜人。西边是人家，鳞次栉比，最西可看到运河堤上的杨柳，看到船帆在树头后面缓缓移动，缓缓移动的船帆叫我的心有点酸酸的，也甜甜的。

文游台的出名，是因为这是苏东坡、秦少游、王定国、孙莘老聚会的地方，他们在楼上饮酒、赋诗、倾谈、笑傲。实际上文游诸贤之中，最牵动高邮人心的是秦少游。苏东坡只是在高邮停留一个很短的时期。王定国不是高邮人。孙莘老不知道为什么给人一个很古板的印象，使人不大喜欢。文游台实际上是秦少游的台。

秦少游是高邮人的骄傲，高邮人对他有很深的感情，除了因为他是大才子，“国士无双”，词写得好，为人正派，关心人民生活（著过《蚕书》）……还因为他一生遭遇很不幸。他的官位不高，最高只做到“正字”，后半生一直在迁谪中度过。四十六岁“坐党籍”——和司马光的关系，改馆阁校勘，出为杭州通判。这一年由于御史刘拯给他打了小报告，说他增损《实录》，贬监处州酒税。叫一个才子去管酒税，真是令人啼笑皆非。四十八岁因为有人揭发他写佛书，削秩徙郴州。五十岁，迁横州。五十一岁迁雷州。几乎每年都要调动一次，而且越调越远。后来朝廷下了赦令，迁臣多内徙，少游启程北归，至藤州，出游光华亭，索水欲饮，水至，笑视之而卒，终年五十三岁。

迁谪生活，难以为怀，少游晚年诗词颇多伤心语，但他还是很旷达，很看得开的，能于颠沛中得到苦趣。明陶宗仪《说郛》卷八十二：

秦观南迁，行次郴州遇雨。有老仆滕贵者，久在少游家，随以南行，管押行李在后，泥泞不能进。少游留道旁人家以俟，久之方盘跚策杖而至，视少游叹曰：“学士，学士！他们取了富贵，做了好官，不枉了恁地，自家做甚来陪奉他们！波波地打闲官，方落得甚声名！”怒而不饭。少游再三勉之，曰：“没奈何。”其人怒犹未已，曰：“可知是没奈何！”少游后见邓博文言之，大笑，且谓邓曰：“到京见诸公，不可不举似以发大笑也。”

我以为这是秦少游传记资料中写得最生动的一则，而且是可靠的。这样如闻其声的口语化的对白是伪造不来的。这也是白话文学史中很珍贵的资料，老仆、少游，都跃然纸上。我很希望中国的传记文学、历史题材的小说戏曲都能写成这样。然而可遇而不可求。现在的传记、历史题材的小说，都空空廓廓，有事无人，而且注入许多“观点”，使人搔痒不着，吞蝇欲吐。历史电视连续剧则大多数是胡说八道！

东坡闻少游凶信，叹曰：“少游已矣，虽万人何赎。”呜呼哀哉。

露筋晓月

“秦邮八景”中我最不感兴趣的是“露筋晓月”。我认为这是对我的故乡的侮辱。

有姑嫂二人赶路，天黑了，只得在草丛中过夜。这一带蚊子极多，叮人很疼。小姑子实在受不了。附近有座小庙，小姑子到庙里投宿。嫂子坚决不去，遂被蚊虫咬死，身上的肉都被吃净，露出筋来。时人悯其贞节，为她立了祠。祠曰露筋祠，这地方从此也叫作露筋。

这是哪个全无心肝的卫道之士编造出来的一个残酷惨厉的故事！这比“饿死事小，失节事大”，还要灭绝人性。

这故事起源颇早，米芾就写过《露筋祠碑》。

然而早就有人怀疑过。欧阳修就说这不合情理：蚊子怎么多，也总能拍打拍打，何至被咬死？再说蚊子只是吸人的血，怎么会把肉也吃掉，露出筋来呢？

我坐小轮船从高邮往扬州，中途轮机发生故障，只能在露筋抛锚修理。

高邮湖上的蓝天渐渐变成橙黄，又渐渐变成深紫，冥色四合，令人感动。我回到舱里，吃了两个夹了五香牛肉的烧饼，喝了一杯茶，把行李里带来的珠罗纱蚊帐挂好，躺了下来，不大会儿，就睡着了。

听到一阵“嘤嘤”的声音，睁眼一看：一个蚊子，有小麻雀大，正把它的长嘴从珠罗纱的窟窿里伸进来，快要叮到我的赤裸的胳臂。不过它太大了，身子进不来。我一把攥住它的长嘴，抽了一根棉线，把它的长嘴拴住，棉线的一端压在枕头下，蚊子进不来又飞不走，就狠狠拍扇翅膀，这就好像两把扇子往里吹风。我想：这不赖，我可以凉凉快快地睡一夜。

一个声音，很细，但是很尖：

“哥们儿！”

这是蚊子说话哪，——“哥们儿”？

“哥们儿，你为什么把我拴住？”

“你是世界上最可恨的东西！你们为什么要生出来？”

“我们是上帝创造的。”

“你们为什么要吸人的血？”

“这是上帝的意旨。”

“为什么咬得人又疼又痒？”

“不这样人怎么能记住他们生下来就是有罪的？”

“咬就咬吧，为什么要嗡嗡叫？”

“不叫，怎么能证明我们的存在？”

“你们真该统统消灭！”

“你消灭不了！”

“我现在就要把你消灭了！”

我伸开两手，隔着蚊帐使劲一拍。不料一欠身，线头从枕头下面脱出，蚊子带着一截棉线飞走了。最可气的是它还回头跟我打了个招呼：“拜拜！你消灭不了我们，我们是国家一级保护动物！”

一声汽笛，我醒了。

晓月朦胧，露华滋润，荷香细细，流水潺潺。

轮机已经修好了。又一声长长的汽笛，小轮船继续完成未尽的航程。

我靠着船栏杆，想起王士祯的《露筋祠》诗：“……门外野风开白莲。”

甓社珠光

我小时学刻图章，第一块刻的是长方形的阳文："珠湖人"。沈括《梦溪笔谈》：

嘉祐中，扬州有一珠甚大，天晦多见。初出于天长县陂泽中，后转入甓社湖，又后乃在新开湖中，凡十余年，居民行人，常常见之。予友人书斋在湖上，一夜忽见其珠甚近。初微开其房，光自吻中出，如横一金线，俄顷忽张壳，其大如半席，壳中白光如银，珠大如拳，灿然不可正视，十余里间林木皆有影，如初日所照，远处但见天赤如野火；倏然远去，其行如飞，浮于波中，杳杳如日。古有明月之珠，此珠色不类月，荧荧有芒焰，殆类日光。崔伯易尝为《明珠赋》。伯易，高邮人，盖常见之。近岁不复出，不知所往。樊良镇正当珠往来处，行人至此，往往维船数宵以待现，名其亭为“玩珠”。

这就是所谓“甓社珠光”。甓社湖即高邮湖。“甓社珠光”是“秦邮八景”之一，甚至是八景之首。因为曾经有过那么一颗珠子，高邮湖又称“珠湖”。这个地名平常不大有人用，只有画家题画时偶尔一用。关于这颗珠子最早的记载大概是沈括的《梦溪笔谈》（崔伯易的《明珠赋》今不传）。这则笔谈不但详细，而且写得非常生动，使人有如目睹。“十余里间林木皆有影，如初日所照，远处但见天赤如野火；倏然远去，其行如飞，浮于波中，杳杳如日。”这是何等神奇的景象呵！我们小时候都听大人谈过这颗神珠，与《笔谈》所记相差不多，其所根据，大概也就是《笔谈》。高邮人都应该感谢沈括，多亏他记载了这颗珠子，使我们的家乡多了一笔美丽的彩虹。否则，即使口耳相传，一代又一代，因为不曾见诸文字，听的人也是不会相信的，因为这颗珠子实在太“神”了。

沈括的记载大概是可靠的。沈括是个很严肃的人，《梦溪笔谈》虽亦记“神奇”“异事”，但他不是专门搜神志怪的人，即使是神奇、异事，也多有根据，不是道听途说，捕风捉影。这则《笔谈》所以可信，一是有准确的时间，“嘉祐中”（距今约九百三十年）；二是他是亲自听“友人”说的。这位友人不会造谣。

这究竟是什么东西？曾经有人写过一篇文章，认为这是从外星发来的异物，地球上是不可能有发出那样的强光，其行如飞的东西的。这只是猜测。我宁可相信，这就是一颗很大的珠子。这颗大珠子早已不知所往，不会再出现了（多么神奇的珠贝也活不到九百多年）。但是它会永远存在于人们的想象之中。在修县志时也不妨仍然把“甓社珠光”这个事实上不存在的一景列入“八景”之中。珠子没有了，湖却是在的。

我刻的那块“珠湖人”的图章早已不知去向。我还记得图章的样子，长一寸，阔三分，是一块肉红色的寿山石。

草巷口

过去，我们那里的民间常用燃料不是煤。除了炖鸡汤、熬药，也很少烧柴。平常煮饭、炒菜，都是烧草——烧芦柴。这种芦柴秆细而叶多，除了烧火，没有什么别的用处。草都是由乡下——主要是北乡用船运来，在大淖靠岸。要买草的，到岸边和草船上的人讲好价钱，卖草的即可把草用扁担挑了，送到这家。一担四捆，前两捆，后两捆，水桶粗细一捆，六七尺长。送到买草的人家，过了秤，直接送到堆草的屋里。给我们家过秤的是一个本家叔叔抡元二爷。他用一杆很大的秤约了分量，用一张草纸记上“苏州码子”。我是从抡元二叔的“草纸账”上才认识苏州码子的。现在大家都用阿拉伯数字，认识苏州码子的已经不多了。我们家后花园里有三间空屋，是堆草的。一次买草，数量很多，三间屋子装得满满的，可以烧很多时候。

从大淖往各家送草，都要经过一条巷子，因此这条巷子叫作草巷口。

草巷口在“东头街上”算是比较宽的巷子。像普通的巷子一样，是砖铺的——我们那里的街巷都是砖铺的，但有一点和别的巷子不同，是巷口嵌了一个相当大的旧麻石磨盘。这是为了省砖，废物利用，还是有别的什么原因，就不知道了。

磨盘的东边是一家油面店，西边是一个烟店。严格说，“草巷口”应该指的是油面店和烟店之间，即麻石磨盘所在处的“口”，但是大家把由此往北，直到大淖一带都叫作“草巷口”。

“油面店”，也叫“茶食店”，即卖糕点的铺子，店里所卖糕点也和别的茶食店差不多，无非是：兴化饼子、鸡蛋糕。兴化饼子带椒盐味，大概是从兴化传过来的；羊枣，也叫京果，分大小两种，小京果即北京的江米条，大京果似北京蓼花而稍小；八月十五前当然要做月饼；过年前做蜂糖糕，像一个锅盖，蜂糖糕是送礼用的；夏天早上做一种“潮糕”，米面蒸成，潮糕做成长长的一条，切开了一片一片是正方角，骨牌大小，但是切时断而不分，吃时一片一片揭开吃，潮糕有韧性，口感很好；夏天的下午做一种“酒香饼子”，发面，以糯米和面，烤熟，初出锅时酒香扑鼻。

吉陞的糕点多是零块地卖，如果买得多（是为了送礼的），则用苇篾编的“撇子”装好，一底一盖，中衬一张长方形的红纸，印黑字：

本店开设东大街草巷口坐北朝南惠顾诸君请认明吉陞字号庶不致误

源昌烟店主要是卖旱烟，也卖水烟——皮丝烟。皮丝烟中有一种，颜色是绿的，名曰“青条”，抽起来劲头很冲。一般烟店不卖这种烟。

源昌有一点和别家店铺不同。别的铺子过年初一到初五都不开门，破五以前是不做生意的。源昌却开了一半铺搭子门，靠东墙有一个卖“耍货”的摊子。可能卖耍货的和源昌老板是亲戚，所以留一块空地供他摆摊子。“耍货”即卖给小孩子的玩意：“捻捻转”“地嗡子”（陀螺）……卖得最多的是“洋泡”。一个薄薄橡皮做的小囊，上附小木嘴。吹气后就成了氢气球似的圆泡，撒手后，空气振动木嘴里的一个小哨，“哇”的一声。还卖一些小型的花炮，起火，“猫捉老鼠”……最便宜的是“滴滴金”，——皮纸制成麦秆粗细的小管，填了一点硝药，点火后就会“哧哧”地喷出火星，故名“滴滴金”。

进巷口，过麻石磨盘，左手第一家是一家“茶炉子”。茶炉子是卖开水的，即上海人所说的“老虎灶”。店主名叫金大力。金大力只管挑水，烧茶炉子的是他的女人。茶炉子四角各有一口大汤罐，当中是火口，烧的是粗糠。一簸箕粗糠倒进火口，“呼”的一声，火头就蹿了上来，水马上呱呱地就开了。茶炉子卖水不收现钱，而是事前售出很多“茶筹子”——一个一个小竹片，上面用烙铁烙了字：“十文”“二十文”，来打开水的，交几个茶筹子就行。这大概是一种古制。

往前走两步，茶炉子斜对面，是一个澡堂子。不大。但是东街上只有这么一个澡堂子，这条街上要洗澡的只有上这家来。澡堂子在巷口往西的一面墙上钉了一个人字形小木棚，每晚在小棚下挂一个灯笼，算是澡堂的标志（不在澡堂的门口）。过年前在木棚下贴一条黄纸的告白，上写：

正月初六日早有菊花香水

那就是说初一到初五澡堂子是不开业的。

为什么是“菊花香水”而不是兰花香水、桂花香水？我在这家澡堂洗过多次澡，从来没有闻到过“菊花香水”味儿，倒是一进去，就闻到一股浓重的澡堂子味儿。这种澡堂子味道，是很多人愿意闻的。他们一闻过味道，就觉得：这才是洗澡！

有些人烫了澡（他们不怕烫，不烫不过瘾），还得擦背、捏脚、修脚，这叫“全大套”。还要叫小伙计去叫一碗虾子猪油葱花面来，三扒两口吃掉。然后“咕咚咕咚”喝一壶浓茶，脑袋一歪，酣然睡去。洗了“全大套”的澡，吃一碗滚烫的虾子汤面，来一觉，真是“快活似神仙”。

由澡堂往北，不几步，是一个卖香烛的小店。这家小店只有一间门面。除香烛纸马之外，卖“箱子”。苇秆为骨，外糊红纸，四角贴了“云头”。这是人家买去，内装纸钱，到冥祭时烧给亡魂的。小香烛店的老板（他也算是“老板”），人物猥琐，个儿矮小，而且是个“齉鼻子”，“齉”得非常厉害，说起话来瓮声瓮气，谁也听不清他说什么。他的媳妇可是一个很“刷括”（即干净利索）的小媳妇，她每天除了操持家务，做针线，就是糊“箱子”。一街的人都为这小媳妇感到很不平，——嫁了这么个矮小个儿齉鼻子丈夫。但是她就是这样安安静静地过了好多年。

由香烛店往北走几步，就闻到一股骡粪的气味。这是一家碾坊。这家碾坊只有一头骡子（一般碾坊至少有两头骡子，轮流上套）。碾坊是个老碾坊，这头骡子也老了，看到这头老骡子低着脑袋吃力地拉着碾子，总叫人有些不忍心。骡子的颜色是豆沙色的，更显得没有精神。

碾坊斜对面有一排比较整齐高大的房子，是连万顺酱园的住家兼作坊。作坊主要制品是萝卜干。萝卜干揉盐之后，晾晒在门外的芦席上，过往行人，可以抓几个吃。新腌的萝卜干，味道很香。

再往北走，有几户人家。这几家的女人每天打芦席。她们盘腿坐着，压过的芦苇片在她们的手指间跳动着，延展着，一会儿的工夫就能织出一片。

再往北还零零落落有几户人家。这几户人家都是干什么的，我就不知道了，我很少到那边去。

阴城

草巷口往北，西边有一个短短的巷子。我的一个堂房叔叔住在这里。这位堂叔我们叫他小爷。他整天不出门，也不跟人来往，一个人在他的小书房里摆围棋谱，养鸟。他养过一只鹦鹉，这在我们那里是很少见的。我有时到小爷家去玩，去看那只鹦鹉。

小爷家对面有两户人家，是种菜的。

由小爷家门前往西，几步路，就是阴城了。

阴城原是一片古战场，韩世忠的兵曾经在这里驻过，有人捡到过一种有耳的陶壶，叫作“韩瓶”，据说是韩世忠的兵用的水壶，用韩瓶插梅花，能够结子。韩世忠曾在高邮驻守，但是没有在这里打过仗。韩世忠确曾在高邮属境击败过金兵，但是在三垛，不在高邮城外。有人说韩瓶是韩信的兵用的水壶，似不可靠，韩信好像没有在高邮屯过兵。

看不到什么古战场的痕迹了，只是一片野地，许多乱葬的坟，因此叫作“阴城”。有一年地方政府要把地开出来种麦子，挖了一大片无主的坟，遍地是糟朽的薄皮棺材和白骨。麦子没有种成，阴城又成了一片野地，荒坟垒垒，杂草丛生。

我们到阴城去，逮蚂蚱，掏蛐蛐，更多的时候是去放风筝。

小时候放三尾子。这是最简单的风筝。北京叫屁股帘儿，有的地方叫瓦片。三根苇篾子扎成一个干字，糊上一张纸，四角贴“云子”，下面粘上三根纸条就得。

稍大一点，放酒坛子，篾架子扎成绍兴酒坛状，糊以白纸；红鼓，如鼓形；四老爷打面缸，红鼓上面留一截，露出四老爷的脑袋——一个戴纱帽的小丑；八角，两个四方的篾框，交错为八角；在八角的外边再套一个八角，即为套角，糊套角要点技术，因为两个八角之间要留出空隙。红双喜，那就更复杂了，一般孩子糊不了。以上的风筝都是平面的，下面要缀很长的麻绳的尾巴，这样上天才不会打滚。

风筝大都带弓。干蒲破开，把里面的瓤刮去，只剩一层皮，苇秆弯成弓，把蒲绷在弓的两头，缚在风筝额上，风筝上天，蒲弓受风，“汪汪”地响。

我已经好多年不放风筝了。北京的风筝和我家乡的，我小时糊过、放过的风筝不一样，没有酒坛子，没有套角，没有红鼓，没有四老爷打面缸。北京放的多是沙燕儿。我的家乡没有沙燕儿。

三圣庵

祖父带我到三圣庵去，去看一个老和尚指南。

很少人知道三圣庵。

三圣庵在大淖西边。这是一片很荒凉的地方，长了一些野树和稀稀拉拉的芦苇，有一条似有若无的小路。

三圣庵是一个小庵，几间矮矮的砖房。没有大殿，只有一个佛堂。也没有装金的佛像。供案上有一尊不大的铜佛，一个青花香炉，清清爽爽，干干净净。

指南是个戒行严苦的高僧。他曾在香炉里烧掉两个食指，自号八指头陀。

他原来是善因寺的方丈。善因寺是全城最大的佛寺，殿宇庄严，佛像高大。善因寺有很多庙产。指南早就退居，——“退居”是佛教的说法，即离开方丈的位置，不再管事。接替他当善因寺的方丈的，是他的徒弟铁桥。指南退居后就住进三圣庵，和尘世完全隔绝了。

指南相貌清癯，神色恬静。

祖父和他说了一会儿话，——他们谈了一些什么，我已经没有印象，就告辞出庵了。

他的徒弟铁桥和指南可是完全不一样。他是一个风流和尚，相貌堂堂，双目有光。他会写字，会画画，字写石鼓文，画法吴昌硕，兼学任伯年，在我们县里可以说是数一数二。他曾在苏州一个庙里当过住持，作画题铁桥，有时题邓尉山僧。他所来往的都是高门名士。善因寺有素菜名厨，铁桥时常办斋宴客，所用的都是猴头、竹荪之类的名贵材料。很多人都知道，他有一个相好的女人。这个女人我见过，是个美人，岁数不大。铁桥和我的父亲是朋友。父亲年轻时刻过一套《陋室铭》印谱，就是铁桥题的签。父亲续娶，新房里挂的是一幅铁桥的画，泥金地，画的是桃花双燕，设色鲜艳，题的字是："淡如仁兄嘉礼弟铁桥敬贺"。父亲在新房里挂一幅和尚画的画，铁桥和俗家人称兄道弟，他们都真是不拘礼法。我有时到善因寺去玩，铁桥知道我是汪淡如的儿子，就领我到他的方丈里吃枣子栗子之类的东西。我的小说里所写的石桥，就是以铁桥作原型的。

高邮解放，铁桥被枪毙了，什么罪行，没有什么人知道。

前几年我回家乡，翻看旧县志，发现志载东乡有一条灌溉长渠，是铁桥出头修的。那么铁桥也还做过一点对家乡有益的事。

我不想对铁桥这个人作出评价。不过我倒觉得铁桥的字画如果能搜集得到，可以保存在县博物馆里。

由三圣庵想到善因寺，又由指南想到铁桥，我这篇文章真是信马由缰了。为什么要写这篇文章呢？我只是想说：和尚和和尚不一样，和尚有各式各样的和尚，正如人有各式各样的人。

我直到现在还不明白我的祖父为什么要带我到三圣庵，去看指南和尚。我想他只是想要一个孙子陪陪他，而我是他喜欢的孙子。

牌坊——故乡杂忆

臭河边南岸有三座贞节牌坊。三座牌坊大小、高矮、式样差不多，好像三姊妹。都是白石头、重檐、方柱。横枋当中有一块微向前倾的长方石头，像一本洋装书，上刻两个字：“圣旨”。这三座牌坊旌表的是什么人，谁也没有注意过。立牌坊的年月是刻在横枋的左侧的，但是也没有人注意过。反正是有了年头了。牌坊整天站着，默默无言。太阳好的时候，牌坊把影子齐齐地落在前面的土地上。下雨天，在大雨里淋着。每天黄昏，飞来很多麻雀，落在石檐下面，石枋石柱的缝隙间，叽叽喳喳，叫成一片。远远走过来，好像牌坊自己在叫。

听到过一个关于牌坊的故事。

有一家，姓徐，是个书香人家，徐少爷娶妻白氏，貌美而贤惠，知书达礼。不幸徐少爷得了一场伤寒，早离尘世。

徐少奶奶这时才二十四五岁，年轻守寡。徐少爷留下一个孩子，才三岁。徐少奶奶就守着这个孩子，教他读书习字。

转眼二十年过去了，孩子已经长大成人。孩子很聪明，也用功，功名顺利，由秀才、举人，一直到中了进士。

这年清明祭祖，徐氏族人聚会，说起白夫人年轻守节，教子成名，应该申报旌表，为她立牌坊。儿子觉得在理，就回家对母亲说明族人所议。

白夫人一听，大怒，说："我不要立牌坊！"

说着从床下拖出一个柳条笆斗，笆斗里是一斗铜钱。白夫人把铜钱往地板上一倒，说："这就是我的贞节牌坊！"

原来白夫人每到欲念升起，脸红心乱时，就把一斗铜钱倒在地板上，滚得哪儿都是，然后俯身一枚一枚地拾起来，这样就岔过去了。

儿子从此再也不提立牌坊的事。

看画

上初中的时候，每天放学回家，一路上只要有可以看看的画，我都要走过去看看。

中市口街东有一个画画的，叫张长之，年纪不大，才二十多岁，是个小胖子。小胖子很聪明。他没有学过画，他画画是看会的。画册、画报、裱画店里挂着的画，他看了一会儿就能默记在心。背临出来，大致不差。他的画不中不西，用色很鲜明，所以有人愿意买。他什么都画。人物、花卉、翎毛、草虫都画。只是不画山水。他不只是临摹，有时也"创作"。有一次他画了一个斗方，画一棵芭蕉，一只五彩大公鸡，挂在他的画室里（他的画室是敞开的）。这张画只能自己画着玩玩，买是不会有人买的，谁家会在家里挂一张"鸡巴图"？

他擅长的画体叫作"断简残篇"。一条旧碑帖的拓片（多半是汉隶或魏碑）、半张烧煳一角的宋版书的残页、一个裂了缝的扇面、一方端匋斋的印谱……七拼八凑，构成一个画面。画法近似“颖拓”，但是颖拓一般不画这种破破烂烂的东西。他画得很逼真，乍看像是剪贴在纸上的。这种画好像很“雅”，而且这种画只有他画，所以有人买。

这个家伙写信不贴邮票，信封上的邮票是他自己画的。

有一阵子，他每天骑了一匹大马在城里兜一圈，呱嗒呱嗒，神气得很。这马是一个营长的。城里只要驻兵，他很快就和军官混得很熟。办法很简单，每人送一套春宫。

一九四七年，我在上海先施公司二楼卖字画的陈列室看到四条“断简残篇”，一看署名，正是“张长之”！这家伙混得能到上海来卖画，真不简单。

北门里街东有一个专门画像的画工，此人名叫管又萍。走进他的画室，左边墙上挂着一幅非常醒目的朱元璋八分脸的半身画，高四尺，装在镜框里。朱洪武紫棠色脸，额头、颧骨、下巴，都很突出。这种面相，叫作“五岳朝天”。双眼奕奕，威风内敛，很像一个开国之君。朱皇帝头戴纱帽，着圆领团花织金大红龙袍。这张画不但皮肤、皱纹、眼神画得很“真”，纱帽、织金团龙，都画得极其工致。这张画大概是画工平生得意之作，他在画的一角用掺糅篆隶笔意的草书写了自己的名字：管又萍。若干年后，我才体会到管又萍的署名后面所揾注的画工的辛酸。画像的画工是从来不署名的。

若干年后，我才认识到管又萍是一个优秀的肖像画家，并认识到中国的肖像画有一套自成体系的肖像画理论和技法。

我的二伯父和我的生母的像都是管又萍画的。二伯父端坐在椅子上，穿着却是明朝的服装，头戴方巾，身着湖蓝色的斜领道袍。这可能是尊重二伯父的遗志，他是反满的。我没有见过二伯父，但是据说是画得很像的。我母亲去世时我才三岁，记不得她的样子，但我相信也是画得很像的，因为画得像我的姐姐，家里人说我姐姐长得很像我母亲。画工画像并不参照照片，是死人断气后，在床前直接勾描的。

然后还得起一个初稿。初稿只画出颜面，画在熟宣纸上，上面蒙了一张单宣，剪出一个椭圆形的洞，像主的面形从椭圆形的洞里露出。要请亲人家属来审查，提意见，胖了，瘦了，颧骨太高，眉毛离得远了……管又萍按照这些意见，修改之后，再请亲属看过，如无意见，即可定稿。然后再画衣服。

画像是要讲价的，讲的不是工钱，而是用多少朱砂，多少石绿，贴多少金箔。

为了给我的二伯母画像，管又萍到我家里和我的父亲谈了几次，所以我知道这些手续。

管又萍的“生意”是很好的，因为他画人很像，全县第一。

这是一个谦恭谨慎的人，说话小声，走路低头。

出北门，有一家卖画的。因为要下一个坡，而且这家的门总是关着，我没有进去看过。这家的特点是每年端午节前在门前柳树上拉两根绳子，挂出几十张钟馗。饮酒、醉眠、簪花、骑驴、仗剑叱鬼、从鸡笼里掏鸡、往胆瓶里插菖蒲、嫁妹、坐着山轿出巡……大概这家藏有不少种钟馗的画稿，每年只要照描一遍。钟馗在中国人物画里是个很有人性，很有幽默感的可爱的形象。我觉得美术出版社可以把历代画家画的钟馗收集起来出一本《钟馗画谱》，这将是一本非常有趣的画册。这不仅有美术意义，对了解中国文化也是很有意义的。

新巷口有一家“画匠店”，这是画画的作坊。所生产的主要是“家神菩萨”。家神菩萨是几个本不相干的家族的混合集体。最上一层是南海观音和善财龙女，当中是关云长和关平、周仓，下面是财神。他们画画是流水作业，“开脸”的是一个人，画衣纹的是另一个人，最后加彩贴金的又是一个人。开脸的是老画匠，做下手活的是小徒弟。画匠店七八个人同时做活，却听不到声音，原来学画匠的大都是哑巴。这不是什么艺术作品，但是也还值得看看。他们画得很熟练，不会有败笔。有些画法也使我得到启发。比如他们画衣纹是先用淡墨勾线，然后在必要的地方用较深的墨加几道，这样就有立体感，不是平面的，我在画匠店里常常能站着看一个小时。

这家画匠店还画“玻璃油画”。在玻璃的反面用油漆画福禄寿或老寿星。这种画是反过来画的，作画程序和正面画完全不同。比如画脸，是先画眉眼五官，后涂肉色；衣服先画图案，后涂底子。这种玻璃油画是做插屏用的。

我们县里有几家裱画店，我每一家都要走进去看看。但所裱的画很少好的。人家有古一点的好画都送到苏州去裱。本地裱工不行，只有一次在北市口的裱画店里看到一幅王匋民写的八尺长的对子，给我留下深刻的印象，我认为王匋民是我们县的第一画家。他的字也很有特点，我到现在还说不准他的字的来源，有章草，又有王铎、倪瓒。他用侧锋写那样大的草书对联，这种风格我还没有见过。

故乡的元宵

故乡的元宵是并不热闹的。

没有狮子、龙灯，没有高跷，没有跑旱船，没有“大头和尚戏柳翠”，没有花担子、茶担子。这些都在七月十五“迎会”——赛城隍时才有，元宵是没有的。很多地方兴“闹元宵”，我们那里的元宵却是静静的。

有几年，有送麒麟的。上午，三个乡下的汉子，一个举着麒麟，——一张长板凳，外面糊纸扎的麒麟，一个敲小锣，一个打镲，“咚咚当当”敲一气，齐声唱一些吉利的歌。每一段开头都是“格炸炸”：

格炸炸，格炸炸，

麒麟送子到你家……

我对这“格炸炸”印象很深。这是什么意思呢？这是状声词？状的什么声呢？送麒麟的没有表演，没有动作，曲调也很简单。送麒麟的来了，一点也不叫人兴奋，只听得一连串的“格炸炸”。“格炸炸”完了，祖母就给他们一点钱。

街上掷骰子“赶老羊”的赌钱的摊子上没有人。六颗骰子静静地在大碗底卧着。摆赌摊的坐在小板凳上抱着膝盖发呆。年快过完了，准备过年输的钱也输得差不多了，明天还有事，大家都没有赌兴。

草巷口有个吹糖人的。孙猴子舞大刀、老鼠偷油。

北市口有个捏面人的。青蛇、白蛇、老渔翁。老渔翁的蓑衣是从药店里买来的夏枯草做的。

到天地坛看人拉“天嗡子”——即抖空竹，拉得很响，天嗡子蛮牛似的叫。

到泰山庙看老妈妈烧香。一个老妈妈鞋底有牛屎，干了。

一天快过去了。

不过元宵要等到晚上，上了灯，才算。元宵元宵嘛。我们那里一般不叫元宵，叫灯节。灯节要过几天，十三上灯，十七落灯。“正日子”是十五。

各屋里的灯都点起来了。大妈（大伯母）屋里是四盏玻璃方灯。二妈屋里是画了红寿字的白明角琉璃灯，还有一张珠子灯。我的继母屋里点的是红琉璃泡子。一屋子灯光，明亮而温柔，显得很吉祥。

上街去看走马灯。连万顺家的走马灯很大。“乡下人不识走马灯，——又来了。”走马灯不过是来回转动的车、马、人（兵）的影子，但也能看它转几圈。后来我自己也动手做了一个，点了蜡烛，看着里面的纸轮一样转了起来，外面的纸屏上一样映出了影子，很欣喜。乾陞和的走马灯并不“走”，只是一个长方的纸箱子，正面白纸上有一些彩色的小人，小人连着一根头发丝，烛火烘热了发丝，小人的手脚会上下动。它虽然不“走”，我们还是叫它走马灯。要不，叫它什么灯呢？这外面的小人是唐僧、孙悟空、猪八戒、沙和尚。整个画面表现的是《西游记》唐僧取经。

孩子有自己的灯。兔子灯、绣球灯、马灯……兔子灯大都是自己动手做的。下面安四个轱辘，可以拉着走。兔子灯其实不大像兔子，脸是圆的，眼睛是弯弯的，像人的眼睛，还有两道弯弯的眉毛！绣球灯、马灯都是买的。绣球灯是一个多面的纸扎的球，有一个篾制的架子，架子上有一根竹竿，架子下有两个轱辘，手执竹竿，向前推移，球即不停滚动。马灯是两段，一个马头，一个马屁股，用带子系在身上。西瓜灯、蛤蟆灯、鱼灯，这些手提的灯，是小小孩玩的。

有一个习俗可能是外地所没有的：看围屏。硬木长方框，约三尺高，尺半宽，镶绢，上画工笔的演义小说人物故事，灯节前装好，一堂围屏约三十幅，屏后点蜡烛。这实际上是照得透亮的连环画。看围屏有两处，一处在炼阳观的偏殿，一处在附设在城隍庙里的火神庙。炼阳观画的是《封神榜》，火神庙画的是《三国》。围屏看了多少年，但还是年年看。好像不看围屏就不算过灯节似的。

街上有人放花。

有人放高升（起火），不多的几支，起火升到天上，哧——灭了。

天上有一盏红灯笼。竹篾为骨，外糊红纸，一个长方的筒，里面点了蜡烛，放到天上，灯笼是很好放的，连脑线都不用，在一个角上系上线，就能飞上去。灯笼在天上微微飘动，不知道为什么，看了使人有一点薄薄的凄凉。

年过完了，明天十六，所有店铺就“大开门”了。我们那里，初一到初五，店铺都不开门。初六打开两扇排门，卖一点市民必需的东西，叫作“小开门”。十六把全部排门卸掉，放一挂鞭，几个炮仗，叫作“大开门”，开始正常营业。年，就这样过去了。

七载云烟

天地一瞬

我在云南住过七年，一九三九年至一九四六年。准确地说，只能说在昆明住了七年。昆明以外，最远只到过呈贡，还有滇池边一片沙滩极美、柳树浓密的叫作斗南村的地方，连富民都没有去过。后期在黄土坡、白马庙各住过年把二年，这只能算是郊区。到过金殿、黑龙潭、大观楼，都只是去游逛，当日来回。我们经常活动的地方是市内。市内又以正义路及其旁出的几条横街为主。正义路北起华山南路，南至金马碧鸡牌坊，当时是昆明的贯通南北的干线，又是市中心所在。我们到南屏大戏院去看电影，——演的都是美国片子。更多的时间是无目的地闲走，闲看。

我们去逛书店。当时书店都是开架售书，可以自己抽出书来看。有的穷大学生会靠在柜台一边，看一本书，一看两三个小时。

逛裱画店。昆明几乎家家都有钱南园的写得四方四正的颜字对联。还有一个吴忠荩老先生写得极其流利但用笔扁如竹篾的行书四扇屏。慰情聊胜无，看看也是享受。

武成路后街有两家做锡箔的作坊。我每次经过，都要停下来看做锡箔的师傅在一个木墩上垫了很厚的粗草纸，草纸间衬了锡片，用一柄很大的木槌，使劲夯砸那一垛草纸。师傅浑身是汗，于是锡箔就捶成了。没有人愿意陪我欣赏这种捶锡箔艺术，他们都以为："这有什么看头！"

逛茶叶店。茶叶店有什么逛头？有！华山西路有一家茶叶店，一壁挂了一副嵌在镜框里的米南宫体的小对联，字写得好，联语尤好：

静对古碑临黑女

闲吟绝句比红儿

我觉得这对得很巧，但至今不知道这是谁的句子。尤其使我不明白的，是这家茶叶店为什么要挂这样一副对子。

我们每天经过，随时往来的地方，还是大西门一带。大西门里的文林街，大西门外的凤翥街、龙翔街。“凤翥”“龙翔”，不知道是哪位擅于辞藻的文人起下的富丽堂皇的街名，其实这只是两条丁字形的小小的横竖街。街虽小，人却多，气味浓稠。这是来往滇西的马锅头卸货、装货、喝酒、吃饭、抽鸦片、睡女人的地方。我们在街上很难“深入”这种生活的里层，只能切切实实地体会到：这是生活！我们在街上闲看，看卖木柴的，卖木炭的，卖粗瓷碗、卖砂锅的，并且常常为一点细节感动不已。

但是我生活得最久，接受影响最深，使我成为这样一个人，这样一个作家，——不是另一种作家的地方，是西南联大，新校舍。

骑了毛驴考大学

万里长征，

辞却了五朝宫阙。

暂驻足，

衡山湘水，

又成离别。

绝徼移栽桢干质，

九州遍洒黎元血。

尽笳吹弦诵在山城，

情弥切……

——西南联大校歌

日寇侵华，平津沦陷，北大、清华、南开被迫南迁，组成一个大学，在长沙暂住，名为“临时大学”。后迁云南，改名“国立西南联合大学”，简称“西南联大”。这是一座战时的、临时性的大学，但却是一个产生天才，影响深远，可以彪炳于世界大学之林，与牛津、剑桥、哈佛、耶鲁平列而无愧色的，窳陋而辉煌的，奇迹一样的，“空前绝后”的大学。哦，我的母校，我的西南联大！

像蜜蜂寻找蜜源一样飞向昆明的大学生，大概有几条路径。

一条是陆路。三校部分同学组成“西南旅行团”，由北平出发，走向大西南。一路夜宿晓行，埋锅造饭，过的完全是军旅生活。他们的“着装”是短衣，打绑腿，布条编的草鞋，背负薄薄的一卷行李，行李卷上横置一把红油纸伞，有点像后来的大串联的红卫兵。除了摆渡过河外，全是徒步。自北平至昆明，全程三千五百里，算得是一个壮举。旅行团有部分教授参加，闻一多先生就是其中之一。闻先生一路画了不少铅笔速写。其时闻先生已经把胡子留起来了，——闻先生曾发愿：抗战不胜，誓不剃须！

另一路是海程。由天津或上海搭乘怡和或太古轮船，经香港，到越南海防，然后坐滇越铁路火车，由老街入境，至昆明。

有意思的是，轮船上开饭，除了白米饭之外，还有一箩高粱米饭。这是给东北学生预备的。吃高粱米饭，就咸鱼、小虾，可以使“我的家在东北松花江上”的流亡学生得到一点安慰，这种举措很有人情味。

我们在上海就听到滇越路有瘴气，易得恶性疟疾，沿路的水不能喝，于是带了好多瓶矿泉水。当时的矿泉水是从法国进口的，很贵。

没有想到恶性疟疾照顾上了我！到了昆明，就发了病，高烧超过四十度，进了医院，医生就给我打了强心针。（我还跟护士开玩笑，问“要不要写遗书？”）用的药是606，我赶快声明：我没有生梅毒！

出了院，晕晕乎乎地参加了全国统一招生考试。上帝保佑，竟以第一志愿被录取，我当时真是像做梦一样。

当时到昆明来考大学的，取道各有不同。

有一位历史系学生姓刘的同学是自己挑了一担行李，从家乡河南一步一步走来的。这人的样子完全是一个农民，说话乡音极重，而且四年不改。

有一位姓应的物理系的同学，是在西康买了一头毛驴，一路骑到昆明来的。此人精瘦，外号“黑鬼”，宁波人。

这样一些学子，不远千里，从四面八方奔到昆明来，考入西南联大，他们来干什么，寻找什么？

大部分同学是来寻找真理，寻找智慧的。

也有些没有明确目的，糊里糊涂的。我在报考申请书上填了西南联大，只是听说这三座大学，尤其是北大的学风是很自由的，学生上课、考试，都很随便，可以吊儿郎当。我就是冲着吊儿郎当来的。

我寻找什么？

寻找潇洒。

斯是陋室

西南联大的校舍很分散，很多处是借用昆明原有的房屋，学校、祠堂。自建的，集中、成片的校舍叫“新校舍”。

新校舍大门南向，进了大门是一条南北大路。这条路是土路，下雨天滑不留足，摔倒的人很多。这条土路把新校舍划分成东西两区。

西边是学生宿舍。土墙，草顶。土墙上开了几个方洞，方洞上竖了几根不去皮的树棍，便是窗户。挨着土墙排了一列双人木床，一边十张，一间宿舍可住四十人，桌椅是没有的。两个装肥皂的木箱摞起来，既是书桌，也是衣柜。昆明不知道哪里来的那么多肥皂箱，很便宜，男生女生多数都有这样一笔“财产”。有的同学在同一宿舍中一住四年不挪窝，也有占了一个床位却不来住的。有的不是这个大学的，却住在这里。有一位，姓曹，是同济大学的，学的是机械工程，可是他从来不到同济大学去上课，却从早到晚趴在木箱上写小说。有些同学成天在一起，乐数晨夕，堪称知己。也有老死不相往来，几乎等于不认识的。我和那位姓刘的历史系同学就是这样，我们俩同睡一张木床，他住上铺，我住下铺，却很少见面。他是个很守规矩，很用功的人，每天按时作息。我是个夜猫子，每天在系图书馆看一夜书，到天亮才回宿舍。等我回屋就寝时，他已经在校园树下苦读英文了。

大路的东侧，是大图书馆。这是新校舍唯一的一座瓦顶的建筑。每天一早，就有人等在门外“抢图书馆”，——抢位置，抢指定参考书。大图书馆藏书不少，但指定参考书总是不够用的。

每月月初要在这里开一次“国民精神总动员月会”，简称“国民月会”。把图书馆大门关上，钉了两面交叉的党国旗，便是会场。所谓月会，就是由学校的负责人讲一通话。讲的次数最多的是梅贻琦，他当时是主持日常校务的校长（北大校长蒋梦麟、南开校长张伯苓）。梅先生相貌清癯，人很严肃，但讲话有时很幽默。有一个时期昆明闹霍乱，梅先生告诫学生不要在外面乱吃，说：“有同学说，‘我在外面乱吃了好多次，也没有得一次霍乱’，同学们！这种事情是不能有第二次的。”

更东，是教室区。土墙，铁皮屋顶（涂了绿漆）。下起雨来，铁皮屋顶被雨点打得“乒乒乓乓”地响，让人想起王禹偁的《黄冈竹楼记》。

这些教室方向不同，大小不一，里面放了一些一边有一块平板，可以在上面记笔记的木椅，都是本色，不漆油漆。木椅的设计可能还是从美国传来的，我在爱荷华、耶鲁都看见过。这种椅子的好处是不固定，可以从这个教室到那个教室任意搬来搬去。吴宓（雨僧）先生讲《红楼梦》，一看下面有女生还站着，就放下手杖，到别的教室去搬椅子。于是一些男同学就也赶紧到别的教室去搬椅子。到宝姐姐、林妹妹都坐下了，吴先生才开始讲。

这样的陋室之中，却培养了很多优秀的人才。

联大五十周年校庆时，校友从各地纷纷返校。一位从国外赶回来的老同学（是个男生），进了大门就跪在地下放声大哭。

前几年我重回昆明，到新校舍旧址（现在是云南师范大学）看了看，全都变了样，什么都没有了，只有东北角还保存了一间铁皮屋顶的教室，也岌岌可危了。

不衫不履

联大师生服装各异，但似乎又有一种比较一致的风格。

女生的衣着是比较整洁的。有的有几件华贵的衣服，那是少数军阀商人家的小姐。但是她们也只是参加 party 时才穿，上课时不会穿得花里胡哨的。一般女生都是一身阴丹士林旗袍，上身套一件红的毛衣。低年级的女生爱穿“工裤”，——劳动布的长裤，上面有两条很宽的带子，白色或浅花的衬衫。这大概本是北京的女中学生流行的服装，这种风气被贝满等校的女生带到昆明来了。

男同学原来有些西装革履，裤线笔直的，也有穿麂皮夹克的，后来就日渐少了，绝大多数是蓝布长衫，长裤。几年下来，衣服破旧，就想各种办法“弥补”，如贴一张橡皮膏之类。有人裤子破了洞，不会补，也无针线，就找一根麻筋，把破洞结了一个疙瘩。这样的疙瘩名士不止一人。

教授的衣服也多残破了。闻一多先生有一个时期穿了一件一个亲戚送给他的灰色夹袍，式样早就过时，领子很高，袖子很窄。朱自清先生的大衣破得不能再穿，就买了一件云南赶马人穿的深蓝氆氇的一口钟（大概就是彝族察尔瓦）披在身上，远看有点像一个侠客。有一个女生从南院（女生宿舍）到新校舍去，天已经黑了，路上没有人，她听到后面有“踢里秃噜”的脚步声，以为是坏人追了上来，很紧张。回头一看，是化学教授曾昭抡。他穿了一双空前（露着脚趾）绝后（后跟烂了，提不起来，只能半趿着）鞋，因此发出“踢里秃噜”的声音。

联大师生破衣烂衫，却每天孜孜不倦地做学问，真是穷且益坚，不坠青云之志，这种精神，人天可感。

当时“下海”的，也有。有的学生跑仰光、腊戌，趸卖“玻璃丝袜”“旁氏口红”；有一个华侨同学在南屏街开了一家很大的咖啡馆，那是极少数。

采薇

大学生大都爱吃，食欲很旺，有两个钱都吃掉了。

初到昆明，带来的盘缠尚未用尽，有些同学和家乡邮汇尚通，不时可以得到接济，一到星期天就出去到处吃馆子。汽锅鸡、过桥米线、新亚饭店的过油肘子、东月楼的锅贴乌鱼、映时春的油淋鸡、小西门马家牛肉馆的牛肉、厚德福的铁锅蛋、松鹤楼的腐乳肉、“三六九”（一家上海面馆）的大排骨面，全都吃了一个遍。

钱逐渐用完了，吃不了大馆子，就只能到米线店里吃米线、饵块。当时米线的浇头很多，有闷鸡（其实只是酱油煮的小方块瘦肉，不是鸡）、爨肉（即肉末，音窜，云南人不知道为什么爱写这样一个笔画繁多的怪字）、鳝鱼、叶子（油炸肉皮煮软，有的地方叫“响皮”，有的地方叫“假鱼肚”）。米线上桌，都加很多辣椒，——“要解馋，辣加咸”。如果不吃辣，进门就得跟堂倌说：“免红！”

到连吃米线、饵块的钱也没有的时候，便只有老老实实到新校舍吃大食堂的“伙食”。饭是“八宝饭”，通红的糙米，里面有沙子、木屑、老鼠屎。菜，偶尔有一碗回锅肉、炒猪血（云南谓之“旺子”），常备的菜是盐水煮芸豆，还有一种叫“魔芋豆腐”的紫灰色的、烂糊糊的淡而无味的奇怪东西。有一位姓郑的同学告诫同学：饭后不可张嘴——恐怕飞出只鸟来！

一九四四年，我在黄土坡一个中学教了两个学期。这个中学是联大办的，没有固定经费，薪水很少，到后来连一点极少的薪水也发不出来，校长（也是同学）只能设法弄一点米来，让教员能吃上饭。菜，对不起，想不出办法。学校周围有很多野菜，我们就吃野菜。校工老鲁是我们的技术指导。老鲁是山东人，原是个老兵，照他说，可吃的野菜简直太多了，但我们吃得最多的是野苋菜（比园种的家苋菜味浓）、灰菜（云南叫作灰藋菜，“藋”字见于《庄子》，是个很古的字），还有一种样子像一根鸡毛掸子的扫帚苗。野菜吃得我们真有些面有菜色了。

有一个时期附近小山上柏树林里飞来很多硬壳昆虫，黑色，形状略似金龟子，老鲁说这叫豆壳虫，是可以吃的，好吃！他捉了一些，撕去硬翅，在锅里干爆了，撒了一点花椒盐，就起酒来。在他的示范下，我们也爆了一盘，闭着眼睛尝了尝，果然好吃。有点像盐爆虾，而且有一股柏树叶的清香，——这种昆虫只吃柏树叶，别的树叶不吃。于是我们有了就酒的酒菜和下饭的荤菜。这玩意儿多得很，一会儿的工夫就能捉一大瓶。

要写一写我在昆明吃过的东西，可以写一大本，撮其大要写了一首打油诗。怕读者看不明白，加了一些注解，诗曰：

重升肆里陶杯绿，①
饵块摊来炭火红。②

---

① 昆明的白酒分市酒和升酒。市酒是普通白酒，升酒大概是用市酒再蒸一次，谓之“玫瑰重升”，似乎有点玫瑰香气。昆明酒店都是盛在绿陶的小碗里，一碗可盛二小两。本文注释均为作者原注。

② 饵块分两种，都是米面蒸熟了的。一种状如小枕头，可做汤饵块、炒饵块。一种是椭圆的饼，状如鞋底，在炭火上烤得发泡，一面用竹片涂了芝麻酱、花生酱、甜酱油、油辣子，对合而食之，谓之“烧饵块”。

正义路边养正气，[1]
小西门外试撩青。[2]
人间至味干巴菌，[3]
世上馋人大学生。
尚有灰藋[4]堪漫吃，
更循柏叶捉昆虫。

一半光阴付苦茶

昆明的大学生（男生）不坐茶馆的大概没有。不可一日

① 汽锅鸡以正义路牌楼旁一家最好。这家无字号，只有一块匾，上书大字“培养正气”，昆明人想吃汽锅鸡，就说：“我们今天去培养一下正气。”

② 小西门马家牛肉极好。牛肉是蒸或煮熟的，不炒菜，分部位，如“冷片”“汤片”……有的名称很奇怪。如大筋（牛鞭）、“领肝”（牛肚）。最特别的是“撩青”（牛舌，牛的舌头可不是撩青草的吗？但非懂行人会觉得这很费解）。“撩青”很好吃。

③ 昆明菌子种类甚多，如“鸡纵”，这是菌中之王，但有一点我不明白为什么只长在白蚁窝上。牛肝菌，色如牛肝，生时熟后都像牛肝，有小毒，不可多吃，且须加大量的蒜，否则会昏倒。有个女同学吃多了牛肝菌，竟至休克。青头菌，菌盖青绿，菌丝白色，味较清雅。味道最为隽永深长、不可名状的是干巴菌。这东西中吃不中看，颜色紫褐，不成模样，简直像一堆牛屎，里面又夹杂了一些松毛、杂草。可是收拾干净了，撕成蟹腿状的小片，加青辣椒同炒，一箸入口，酒兴顿涨，饭量猛开。这真是人间至味！

④ 藋字云南读平声。

无此君，有人一天不喝茶就难受。有人一天喝到晚，可称为“茶仙”。茶仙大抵有两派。一派是固定茶座。有一位姓陆的研究生，每天在一家茶馆里喝三遍茶，早、午、晚。他的牙刷、毛巾、洗脸盆就放这家茶馆里，一起来就上茶馆。另一派是流动茶客，有一姓朱的，也是研究生，他爱到处遛，腿累了就走进一家茶馆，坐下喝一气茶。全市的茶馆他都喝遍了。他不但熟悉每一家茶馆，并且知道附近哪儿是公共厕所，喝足了茶可以小便，不致被尿憋死。

关于喝茶，我写过一篇《泡茶馆》，已经发表过，写得相当详细，不再重复，有诗为证：

水厄囊空亦可赊，①
枯肠三碗嗑葵花。②
昆明七载成何事？
一半光阴付苦茶。

① 我们和凤翥街几家茶馆很熟，不但喝茶、吃芙蓉糕可以欠账，甚至可以向老板借钱去看电影。

② 茶馆常有女孩子来卖炒葵花子，绕桌轻唤：“瓜子瓜，瓜子瓜。”

水流云在

云南人对联大学生很好，我们对云南、对昆明也很有感情。我们为云南做了一些什么事，留下一点什么？

有些联大师生为云南做了一些有益的实事，比如地质系师生完成了《云南矿产普查报告》，生物系师生写出了《中国植物志·云南卷》的长编初稿，其他还有多少科研成果，我不大知道，我不是搞科研的。

比较明显的，普遍的影响是在教育方面。联大学生在中学兼课的很多，连闻一多先生都在中学教过国文，这对昆明中学生学业成绩的提高，是有很大作用的。

更重要的是使昆明学生接受了民主思想，呼吸到独立思考、学术自由的空气，使他们为学为人都比较开放，比较新鲜活泼。这是精神方面的东西，是抽象的，是一种气质，一种格调，难于确指，但是这种影响确实存在。如云如水，水流云在。

翠湖心影

有一个姑娘，牙长得好。有人问她：

“姑娘，你多大了？”

“十七。”

“住在哪里？”

“翠湖西。”

“爱吃什么？”

“辣子鸡。”

过了两天，姑娘摔了一跤，磕掉了门牙。有人问她：

“姑娘多大了？”

“十五。”

“住在哪里？”

“翠湖。”

“爱吃什么？”

“麻婆豆腐。”

这是我在四十四年前听到的一个笑话。当时觉得很无聊（是在一个座谈会上听一个本地才子说的）。现在想起来觉得很亲切。因为它让我想起翠湖。

昆明和翠湖分不开，很多城市都有湖。杭州西湖、济南大明湖、扬州瘦西湖。然而这些湖和城的关系都还不是那样密切。似乎把这些湖挪开，城市也还是城市。翠湖可不能挪开。没有翠湖，昆明就不成其为昆明了。翠湖在城里，而且几乎就挨着市中心。城中有湖，这在中国，在世界上，都是不多的。说某某湖是某某城的眼睛，这是一个俗得不能再俗的比喻了。然而说到翠湖，这个比喻还是躲不开。只能说：翠湖是昆明的眼睛。有什么办法呢，因为它非常贴切。

翠湖是一片湖，同时也是一条路。城中有湖，并不妨碍交通。湖之中，有一条很整齐的贯通南北的大路。从文林街、先生坡、府甬道，到华山南路、正义路，这是一条直达的捷径。——否则就要走翠湖东路或翠湖西路，那就绕远多了。昆明人特意来游翠湖的也有，不多。多数人只是从这里穿过。翠湖中游人少而行人多。但是行人到了翠湖，也就成了游人了。从喧嚣扰攘的闹市和刻板枯燥的机关里，匆匆忙忙地走过来，一进了翠湖，即刻就会觉得浑身轻松下来；生活的重压、柴米油盐、委屈烦恼，就会冲淡一些。人们不知不觉地放慢了脚步，甚至可以停下来，在路边的石凳上坐一坐，抽一支烟，四边看看。即使仍在匆忙地赶路，人在湖光树影中，精神也很不一样了。翠湖每天每日，给了昆明人多少浮世的安慰和精神的疗养啊。因此，昆明人——包括外来的游子，对翠湖充满感激。

翠湖这个名字起得好！湖不大，也不小，正合适。小了，不够一游；太大了，游起来怪累。湖的周围和湖中都有堤，堤边密密地栽着树。树都很高大，主要的是垂柳。“秋尽江南草未凋”，昆明的树好像到了冬天也还是绿的。尤其是雨季，翠湖的柳树真是绿得好像要滴下来。湖水极清。我的印象里翠湖似没有蚊子。夏天的夜晚，我们在湖中漫步或在堤边浅草中坐卧，好像都没有被蚊子咬过。湖水常年盈满。我在昆明住了七年，没有看见过翠湖干得见了底。偶尔接连下了几天大雨，湖水涨了，湖中的大路也被淹没，不能通过了。但这样的时候很少。翠湖的水不深，浅处没膝，深处也不过齐腰。因此没有人到这里来自杀。我们有一个广东籍的同学，因为失恋，曾投过翠湖。

但是他下湖在水里走了一截，又爬上来了。因为他大概还不太想死，而且翠湖里也淹不死人。翠湖不种荷花，但是有许多水浮莲。肥厚碧绿的猪耳状的叶子，开着一望无际的粉紫色的蝶形的花，很热闹。我是在翠湖才认识这种水生植物的。我以后也再没看到过这样大片大片的水浮莲。湖中多红鱼，很大，都有一尺多长。这些鱼已经习惯于人声脚步，见人不惊，整天只是安安静静的，悠然地浮沉游动着。有时夜晚从湖中大路上过，会忽然“扑哧”一声，从湖心跃起一条极大的大鱼，吓你一跳。湖水、柳树、粉紫色的水浮莲、红鱼，共同组成一个印象：翠。

一九三九年的夏天，我到昆明来考大学，寄住在青莲街的同济中学的宿舍里，几乎每天都要到翠湖。学校已经发了榜，还没有开学，我们除了骑马到黑龙潭、金殿，坐船到大观楼，就是到翠湖图书馆去看书。这是我这一生去过次数最多的一个图书馆，也是印象极佳的一个图书馆。图书馆不大，形制有一点像一个道观，非常安静整洁。有一个侧院，院里种了好多盆白茶花。这些白茶花有时整天没有一个人来看它，就只是安安静静地欣然地开着。图书馆的管理员是一个妙人。他没有准确的上下班时间。有时我们去得早了，他还没有来，门没有开，我们就在外面等着。他来了，谁也不理，开了门，走进阅览室，把壁上一个不走的挂钟的时针“咔啦啦”一拨，拨到八点，这就上班了，开始借书。这个图书馆的藏书室在楼上。楼板上挖出一个长方形的洞，从洞里用绳子吊下一个长方形的木盘。借书人开好借书单，——管理员把借书单叫作“飞子”，昆明人把一切不大的纸片都叫作“飞子”，买米的发票、包裹单、汽车票，都叫“飞子”，——这位管理员看一看，放在木盘里，一拽旁边的铃铛，“当啷啷”，木盘就从洞里吊上去了。——上面大概有个滑车。不一会儿，上面拽一下铃铛，木盘又系了下来，你要的书来了。这种古老而有趣的借书手续我以后再也没有见过。这个小图书馆藏书似不少，而且有些善本。我们想看的书大都能够借到。过了两三个小时，这位干瘦而沉默的有点像陈老莲画出来的古典的图书管理员站起来，把壁上不走的挂钟的时针“咔啦啦”一拨，拨到十二点：下班！我们对他这种以意为之的计时方法完全没有意见。因为我们没有一定要看完的书，到这里来只是享受一点安静。我们的看书，是没有目的的，从《南诏国志》到福尔摩斯，逮着什么看什么。

翠湖图书馆现在还有吗？这位图书管理员大概早已作古了。不知道为什么，我会常常想起他来，并和我所认识的几个孤独、贫穷而有点怪癖的小知识分子的印象掺和在一起，越来越鲜明。总有一天，这个人物的形象会出现在我的小说里的。

翠湖的好处是建筑物少。我最怕风景区挤满了亭台楼阁。除了翠湖图书馆，有一簇洋房，是法国人开的翠湖饭店。这所饭店似乎是终年空着的。大门虽开着，但我从未见过有人进去，不论是中国人还是法国人。此外，大路之东，有几间黑瓦朱栏的平房，狭长的，按形制似应该叫作“轩”。也许里面是有一方题作什么轩的横匾的，但是我记不得了。也许根本没有。轩里有一阵曾有人卖过面点，大概因为生意不好，停歇了。轩内空荡荡的，没有桌椅。只在廊下有一个卖“糠虾”的老婆婆。“糠虾”是只有皮壳没有肉的小虾，晒干了，卖给游人喂鱼。花极少的钱，便可从老婆婆手里买半碗，一把一把撒在水里，一尺多长的红鱼就很兴奋地游过来，抢食水面的糠虾，唼喋有声。糠虾喂完，人鱼俱散，轩中又是空荡荡的，剩下老婆婆一个人寂然地坐在那里。

路东伸进湖水，有一个半岛。半岛上有一个两层的楼阁。阁上是个茶馆。茶馆的地势很好，四面有窗，入目都是湖水。夏天，在阁子上喝茶，很凉快。这家茶馆，夏天，是到了晚上还卖茶的（昆明的茶馆都是这样，收市很晚），我们有时会一直坐到十点多钟。茶馆卖盖碗茶，还卖炒葵花子、南瓜子、花生米，都装在一个白铁敲成的方碟子里，昆明的茶馆计账的方法有点特别：瓜子、花生，都是一个价钱，按碟算。喝完了茶，“收茶钱！”堂倌走过来，数一数碟子，就报出个钱数。我们的同学有时临窗饮茶，嗑完一碟瓜子，随手把铁皮碟往外一扔，“pia——”碟子就落进了水里。堂倌算账，还是照碟算。这些堂倌们晚上清点时，自然会发现碟子少了，并且也一定会知道这些碟子上哪里去了。但是从来没有一次收茶钱时因此和顾客吵起来过；并且在提着大铜壶用“凤凰三点头”手法为客人续水时也从不拿眼睛“贼”着客人。把瓜子碟扔进水里，自然是不大道德，不过堂倌不那么斤斤计较的风度却是很可佩服的。

除了到翠湖图书馆看书，喝茶，我们更多的时候是到翠湖去“穷遛”。这“穷遛”有两层意思，一是不名一钱地遛，一是无穷无尽地遛。“园日涉以成趣”，我们遛翠湖没有个够的时候。尤其是晚上，踏着斑驳的月光树影，可以在湖里一遛遛好几圈。一面走，一面海阔天空，高谈阔论。我们那时都是二十岁上下的人，似乎有很多话要说，可说，我们都说了些什么呢？我现在一句都记不得了！

我是一九四六年离开昆明的。一别翠湖，已经三十八年了，时间过得真快！

我是很想念翠湖的。

前几年，听说因为搞什么“建设”，挖断了水脉，翠湖没有水了。我听了，觉得怅然，而且，愤怒了。这是怎么搞的！谁搞的？翠湖会成了什么样子呢？那些树呢？那些水浮莲呢？那些鱼呢？

最近听说，翠湖又有水了，我高兴！我当然会想到这是三中全会带来的好处。这是拨乱反正。

但是我又听说，翠湖现在很热闹，经常举办“蛇展”什么的，我又有点担心。这又会成了什么样子呢？我不反对翠湖游人多，甚至可以有游艇，甚至可以设立摊篷卖破酥包子、焖鸡米线、冰激凌、雪糕，但是最好不要搞“蛇展”。我希望还我一个明爽安静的翠湖。我想这也是很多昆明人的希望。

观音寺

我在观音寺住过一年。观音寺在昆明北郊，是一个荒村，没有什么寺。——从前也许有过。西南联大有几个同学，心血来潮，办了一所中学。他们不知通过什么关系，在观音寺找了一处校址。这原是资源委员会存放汽油的仓库，废弃了。我找不到工作，闲着，跟当校长的同学说一声，就来了。这个汽油仓库有几间比较大的屋子，可以当教室，有几排房子可以当宿舍，倒也像那么一回事。房屋是简陋的，瓦顶、土墙，窗户上没有玻璃。——那些五十三加仑的汽油桶是不怕风雨的。没有玻璃有什么关系！我们在联大新校舍住了四年，窗户上都没有玻璃。在窗格上糊了桑皮纸，抹一点青桐油，亮堂堂的，挺有意境。教员一人一间宿舍，室内床一、桌一、椅一。还要什么呢？挺好。每个月还有一点微薄的薪水，饿不死。

这地方是相当野的。我来的前一学期，有一天，薄暮，有一个赶马车的被人捅了一刀，——昆明市郊之间通马车，马车形制古朴，一个有篷的车厢，厢内两边各有一条木板，可以坐八个人，马车和身上的钱都被抢去了，他手里攥着一截突出来的肠子，一边走，一边还问人："我这是什么？我这是什么？"

因此这个中学里有几个校警，还有两支老旧的七九步枪。

学校在一条不宽的公路边上，大门朝北。附近没有店铺，也不见有人家。西北围墙外是一个孤儿院，有二三十个孩子，都挺瘦。有一个管理员。这位管理员不常出来，不知道是什么样子，但是他的声音我们很熟悉。他每天上午、下午都要教这些孤儿唱戏。他大概是云南人，教唱的却是京戏，而且老是那一段：《武家坡》。他唱一句，孤儿们跟着唱一句。"一马离了西凉界，"——"一马离了西凉界"；"不由人一阵阵泪洒胸怀，"——"不由人一阵阵泪洒胸怀"。听了一年《武家坡》，听得人真想泪洒胸怀。

孤儿院的西边有一家小茶馆，卖清茶、葵花子，有时也有两块芙蓉糕。还卖市酒。昆明的白酒分升酒（玫瑰重升）和市酒。市酒是劣质白酒。

再往西去，有一个很奇怪的单位，叫作“灭虱站”。这还是一个国际性的机构，是美国救济总署办的，专为国民党的士兵消灭虱子。我们有时看见一队士兵开进大门，过了一会儿，我们在附近散了一会儿步之后，又看见他们开了出来。听说这些兵进去，脱光衣服，在身上和衣服上喷一种什么药粉，虱子就灭干净了。这有什么用呢？过几天他们还不是浑身又长出虱子来了吗？

我们吃了午饭、晚饭常常出去散步。大门外公路对面是一大片农田。田里种的不是稻麦，却是胡萝卜。昆明的胡萝卜很好，浅黄色，粗而且长，细嫩多水分，味微甜。联大学生爱买了当水果吃，因为很便宜。女同学尤其爱吃，因为据说这种胡萝卜含少量的砒，吃了可以驻颜。常常看见几个女同学一人手里提了一把胡萝卜。到了宿舍里，“嘎吱嘎吱”地嚼。胡萝卜田是很好看的。胡萝卜叶子琐细，颜色浓绿，密密的，把地皮盖得严严的，说它是“堆锦积绣”，毫不为过。再往北，有一条水渠。渠里不常有水。渠沿两边长了很多木香花。开花的时候白灿灿的耀人眼目，香得不得了。

学校后面——南边是一片丘陵。山上有一口池塘。这池塘下面大概有泉眼，所以池水常满，很干净。这样的池塘按云南人的习惯应该叫作“龙潭”。龙潭里有鱼，鲫鱼。我们有时用自制的鱼竿来钓鱼。这里的鱼未经人钓过，很易上钩。坐在这样的人迹罕到的池边，仰看蓝天白云，俯视钓丝，不知身在何世。

东面是坟。昆明人家的坟前常有一方平地，大概是为了展拜用的。有的还有石桌石凳，可以坐坐。这里有一些矮柏树，到处都是蓝色的野菊花和报春花。这种野菊花非常顽强，连根拔起来养在一个破钵子里，可以开很长时间的花。这里后来成了美国兵开着吉普带了妓女来野合的场所。每到月白风清的夜晚，就可以听到公路上不断有吉普车的声音。美国兵野合，好像是有几个集中的地方的，并不到处撒野。他们不知怎么看中了这个地方。他们扔下了好多保险套，白花花的，到处都是。后来我们就不大来了。这个玩意，总是不那么雅观。

我们的生活很清简。教书，看书。打桥牌，聊大天。吃野菜，吃灰菜、野苋菜。还吃一种叫作豆壳虫的甲虫。我在小说《老鲁》里写的，都是真事。喔，我们还演过话剧，《雷雨》，师生合演。演周萍的叫王惠。这位老兄一到了台上简直是晕头转向。他站错了地位，导演着急，在布景后面叫他：“王惠，你过来！”他以为是提词，就在台上大声嚷嚷：“你过来！”弄得同台的演员莫名其妙。他忘了词，无缘无故在台上大喊："鲁贵！"我演鲁贵，心说："坏了，曹禺的剧本里没有这一段呀！"没法子，只好上去，没话找话："大少爷，您明儿到矿上去，给您预备点什么早点？煮几个鸡蛋吧！"他总算明白过来了："好，随便，煮鸡蛋！去吧！"

生活清贫，大家倒没有什么灾病。王惠得了一次破伤风，——打篮球碰破了皮，感染了。有一个姓董的同学和另一个同学搭一辆空卡车进城。那个同学坐在驾驶舱里，他靠在卡车后面的挡板上，挡板的铁闩松开了，他摔了下去。等找到他的时候，坏了，他不会说中国话了，只会说英语，而且只有两句："I am cold, I am hungry.（我冷，我饿。）"翻来覆去，说个不停。这二位都治好了。我们那时都年轻，很皮实，不太容易被疾病打倒。

炮仗响了。日本投降那天，昆明到处放炮仗，昆明人就把抗战胜利叫作"炮仗响了"。这成了昆明人计算时间的标记，如："那会儿炮仗还没响""这是炮仗响了之后一个月的事情"。大后方的人纷纷忙着"复员"，我们的同学也有的联系汽车，计划着"青春做伴好还乡"。有些因为种种原因，一时回不去，不免有点恓恓惶惶。有人抄了一首唐诗贴在墙上：

故园东望路漫漫，
双袖龙钟泪不干。
马上相逢无纸笔，
凭君传语报平安。

诗很对景，但是心情其实并不那样酸楚。昆明的天气这样好，有什么理由急于离开呢？这座中学后来迁到篆塘到大观楼之间的白马庙，我在白马庙又接着教了一年，到一九四六年八月，才走。

白马庙

我教的中学从观音寺迁到白马庙，我在白马庙住过一年。白马庙没有庙，这是由篆塘到大观楼之间的一个镇子。我们住的房子形状很特别，像是卡通电影上画的房子，我们就叫它卡通房子。前几年日本飞机常来轰炸，有钱的人多在近郊盖了房子，躲警报。这二年日本飞机不来了，这些房子都空了下来，学校就租了当教员宿舍。这些房子的设计都有点别出心裁，而以我们住的卡通房子最显眼，老远就看得见。

卡通房子门前有一条土路，通过马路，三面都是农田，不挨人家。我上课之余，除了在屋里看看书，常常伏在窗台上看农民种田。看插秧，看两个人用一个戽斗[1]戽水。看一个十五六岁的孩子用一个长柄的锄头挖地。这个孩子挖几锄头

① 戽（hù）斗：汲水灌田的一种农具。

就要停一停，唱一句歌。他的歌有音无字，只有一句，但是很好听。长日悠悠，一片安静。我那时正在读《庄子》。在这样的环境中读《庄子》，真是太合适了。

这样的不挨人家的“独立家屋”有一点不好，是招小偷。曾有小偷光顾过一次。发觉之后，几位教员拿了棍棒到处搜索，闹腾了一阵，无所得。我和松卿有一次到城里看电影，晚上回来，快到大门时，从路旁沟里蹿出一条黑影，跑了。是一个俟机翻墙行窃的小偷。

小偷不少。教导主任老杨曾当美军译员，穿了一条美军将军呢的毛料裤子，晚上睡觉，盖在被窝上压脚。那天闹小偷。他醒来，拧开电灯看看，将军呢裤子没了。他翻了个身，接茬睡他的觉。我们那时都是这样，得、失无所谓，而可失之物亦不多，只要不是真的赤条条来去无牵挂，怎么着也能混得过去，——这位老兄从美军复员，领到一笔复员费，崭新的票子放在夹克上衣口袋里，打了一夜沙蟹①，几乎全部输光。

学校的教员有的在校内住，也有住在城里，到这里来兼课的。坐马车来，很方便。朱德熙有一次下了马车，被马咬了一口！咬在胸脯上，胸上落了马的牙印，衣服却没有破。

① 沙蟹：英语show hand的译音，也译作“梭哈”。扑克牌赌法的一种。

镇上有一个卖油盐酱醋香烟火柴的杂货铺，一家猪肉案子，还有一个做饵块的作坊。我去看过工人做饵块，小枕头大的那么一坨，不知道怎么竟能蒸熟。

饵块作坊门前有一道砖桥，可以通到河南边。桥南是菜地，我们随时可以吃到刚拔起来的新鲜蔬菜。临河有一家茶馆，茶客不少。靠窗而坐，可以看见河里的船，船上的人，风景很好。

使我惊奇的是东壁粉墙上画了一壁茶花，画得满满的。墨线勾边，涂了很重的颜色，大红花，鲜绿的叶子，画得很工整，花、叶多对称，很天真可爱。这显然不是文人画。我问冲茶的堂倌："这画是谁画的？""哑巴。——他就爱画，哪样上头都画。他画又不要钱，自己贴颜色，就叫他画吧！"

过两天，我看见一个挑粪的，粪桶是新的，粪桶近桶口处画了一周遭串枝莲，墨线勾成，笔如铁线，匀匀净净。不用问，这又是那个哑巴画的。粪桶上描花，真是少见。

听说哑巴岁数不大，二十来岁。他没有跟谁学过，就是自己画。

我记得白马庙，主要就是因为这里有一个画画的哑巴。

礼拜天的早晨

洗澡实在是很舒服的事。是最舒服的事。有什么享受比它更完满，更丰盛，更精致的？——没有，酒，水果，运动，谈话，打猎，——打猎不知道怎么样，我没有打过猎……没有。没有比“浴”更美的字了，多好啊，这么懒洋洋地躺着，把身体交给了水，又厚又温柔，一朵星云浮在火气里。——我什么时候来的？我已经躺了多少时候？——今天是礼拜天！我们整天匆匆忙忙的干什么呢？有什么了不得的事情非做不可呢？——记住送衣服去洗！再不洗不行了，这是最后一件衬衫。今天邮局关得早，我得去寄信。现在——表在口袋里，一定还不到八点罢。邮局四点才关。可是时间不知道怎么就过去了。“吃饭的时候”……“洗脸的时候”……从哪里过去了？——不，今天是礼拜天，杨柳，鸽子，教堂的钟声——教堂的钟声一点也不感动我，我很麻木，没有办法！——今天早晨我看见一棵凤仙花。我还是什么时候看见凤仙花的？凤仙花感动我。早安，凤仙花！澡盆里抽烟总不大方便。烟顶容易沾水，碰一碰就潮了。最严重的失望！把一个人的烟卷浇上水是最残忍的事。很好，我的烟都很好，齐臻臻地排在盒子里，挺直，饱满，有样子。“劄，劄，劄”，抽出来一支，——舒服！……水是可怕的，不可抵抗，妖法，我沉下去，散开来，融化了。啊——现在只有我的头还没有湿透，里头有许多空隙，可是与我的身体不相属，有点畸零，于是很重。我的身体呢？我的身体已经离得我很遥远了，渺茫了，一个渺茫的记忆，害过脑膜炎抽空了脊髓的痴人的，又固执又空洞。一个空壳子，枯索而生硬，没有汁水，只是一个概念了。我睡了，睡着了，垂着头，像马拉，来不及说一句话。

（……马拉的脸像青蛙。）

我的耳朵底子有点痒，哎呀痒，痒得我不由自主地一摇头。水摇在我的身体里顶秘奥的地方。是水，是——一只知了叫起来，在那棵大树上（槐树，太阳映得叶子一半透明了），在凤仙花上，在我的耳朵里叫起来。无限的一分钟过去了。今天是礼拜天。可怜虫亦可以休矣，都秋天了。邮局四点关门。

我好像很高兴，很有精神，很新鲜。是的，虽然我似乎还不大真实。可是我得从水里走出来了。我走出来，走出来了。我的音乐呢？我的音乐还没有凝结。我不等了。

可是我站在我睡着的身上拧毛巾的时候我完全在另一个世界里了。我不知道今天怎么带上两条毛巾，我把两条毛巾裹在一起拧，毛巾很大。

你有过？……一定有过！我们都是那么大起来的，都曾经拧不动毛巾过。那该是几岁上？你的母亲呢？你母亲留给你一些什么记忆？祝福你有好母亲。我没有，我很小就没有母亲。可是我觉得别人给我们洗脸举动都很粗暴。也许母亲不同，母亲的温柔不尽且无边。除了为了虚荣心，很少小孩子不怕洗脸的。不是怕洗脸，怕唤起遗忘的惨切经验，推翻了推翻过的对于人生的最初认识。无法推翻的呀，多么可悲的认识。每一个小孩子都是真正的厌世家。只有接受不断的现实之后他们才活得下来。我们打一开头就没有被当作一回事，于是我们只有坚强，而我们知道我们的武器是沉默。一边我们本着我们的人生观，我们恨着，一边尽让粗蠢的，野蛮的，没有教养的手在我们脸上蹂躏，把我们的鼻子搓来搓去，挖我们的鼻孔，掏我们的耳朵，在我们的皮肤上发泄他们一生的积怨。我们的颚骨在瓷盆边上不停地敲击，我们的脖子拼命伸出去，伸得酸得像一把咸菜，可是我们不说话。喔，祝福你们有好母亲，我没有，我从来不给我洗脸的人一毫感激。我高兴我没有装假。是的，我是属于那种又柔弱又倔强的性情的。在胰子水辣着我的眼睛，剧烈的摩擦之后，皮肤紧张而兴奋的时候，我有一种英雄式的复仇意识，准备什么都咽在肚里，于是，末了，总有一天，手巾往脸盆里一掼："你自己洗！"

我不用说那种难堪的羞辱，那种完全被击得粉碎的情形你们一定能够懂得。我当时想什么？——死。然而我不能死。人家不让我们死，我不哭。也许我做了几个没有意义的举动，动物性的举动，我猜我当时像一个临枪毙前的人。可是从破碎的动作中，从感觉到那种破碎，我渐渐知道我正在恢复；从颤抖中我知道我要稳定，从瘫软中我站起来，我重新有我的人格，经过一度熬炼的。

可是我的毛巾在手里，我刚才想的什么呢；我跑到夹层里头去了，我只是有一点孤独，一点孤独的苦味甜蜜地泛上来，像土里沁出水分。也许因为是秋天。一点乡愁，就像那棵凤仙花。——可是洗一个脸是多累人的事呀。你只要把洗脸盆搁得跟下巴一样高，就会记起那一个好像已经逝去的阶段了。

手巾真大，手指头总是把不牢，使不上劲，挤来挤去，总不对，不是那么回事。这都不要紧。这是一个事实。事实没有要紧的。要紧的是你的不能胜任之感，你的自卑。你觉得你可怜极了。你不喜欢怜悯。——到末了，还是洗了一个半干不湿的脸，永远不痛快，不满足，窝窝囊囊。冷风来一拂，你脸上透进去一层忧愁。现在是九月，草上笼了一层红光了。手巾搭在架子上，一副悲哀的形象。水沿着毛巾边上的须须滴下来，“剳——剳——剳”——地板上湿了一大块，渐渐地往里头沁，人生多么灰暗。

我看到那个老式的硬木洗脸桌子。形制安排得不大调和。经过这么些时候的折冲，究竟错误在哪一方面已经看不出来了，只是看上去未免僵窘。后面伸起来一个屏架，似乎本是配更大一号的桌子的。几根小圆柱子支住繁重的雕饰。松鼠葡萄。我永远忘不了松鼠的太尖的嘴，身上粗略的几笔象征的毛，一个厚重的尾巴。右边的一只，一个代表。每天早晨我都看它一次。葡萄总是十粒一串，排列是四，三，二，一。每粒一样大。我清清楚楚记得那张桌子的木质，那些纹理，只要远远地让我看到不拘哪里一角我就知道。有时太阳从镂空的地方透过来，斜落在地板上，被来往的人体截断，在那个白地印蓝花的窗帘拉起来的时候。我记得那个厚瓷的肥皂缸，不上釉的牙口摩擦的声音；那些小抽屉上的铜叶瓣，时常的的的自己敲出声音，地板有点松了；那个嵌在屏架上头的椭圆形大镜子，除了一块走了水银的灰红色云瘢之外什么都看不见。太高了，只照见天花板。——有时爬在凳子上，我们从里头看见这间屋子的某部分的一个特写。我仿佛又在那个坚实，平板，充满了不必要的家具的大房间里了。我在里头住了好些年，一直到我搬到学校的宿舍里去寄宿。……有一张老式的“玻璃灯”挂在天花板上。周围垂下一圈坠子，非常之高贵的颜色。琥珀色的，玫瑰红的，天蓝的，透明的。——透明也是一种颜色。蓝色很深，总是最先看到。所以我有时说及那张灯只说“垂着蓝色的玻璃坠子”，而我不觉得少说了什么。明澈，——虽然落上不少灰尘了，含蓄，不动。是的，从来没有一个时候现出一点不同的样子。有一天会被移走么？——喔，完全不可想象的事。就是这么永远的寂然的结挂在那个老地方，深藏，固定，在我童年生活过来的朦胧的房屋之中。——从来没有点过。

……我想到那些木格窗子了，想到窗子外的青灰墙，墙上的漏痕，青苔气味，那些未经一点剧烈的伤残，完全天然销蚀的青灰，露着非常的古厚和不可挽救的衰索之气。我想起下雨之前。想起游丝无力的飘转。想起……可是我一定得穿衣服了。我有点腻。——我喜欢我的这件衬衫。太阳照在我的手上，好干净。今天似乎一切都会不错的样子。礼拜天？我从心里欢呼出来。我不是很快乐么？是的，在我拧手巾的时候我就知道我很快乐。我想到邮局门前的又安静又热闹的空气，非常舒服的空气，生活——而抽一根烟的欲望立刻湮没了我，像潮水湮没了沙滩。我笑了。

午门忆旧

北京解放前夕，一九四八年夏天到一九四九年春天，我曾在午门的历史博物馆工作过一段时间。

午门是紫禁城总体建筑的一个重要的组成部分。这是故宫的正门，是真正的“宫门”。进了天安门、端门，这只是宫廷的“前奏”，进了午门，才算是进了宫。有午门，没有午门，是不大一样的。没有午门，进天安门、端门，直接看到三大殿，就太敞了，好像一件衣裳没有领子。有午门当中一隔，后面是什么，都瞧不见，这才显得宫里神秘庄严，深不可测。

午门的建筑是很特别的。下面是一个凹形的城台。城台上正面是一座九间重檐庑殿顶的城楼；左右有重檐的方亭四座。城楼和这四座正方的亭子之间，有廊庑相连属，稳重而不笨拙，玲珑而不纤巧，极有气派，俗称为“五凤楼”。在旧戏里，五凤楼成了皇宫的代称。《草桥关》里铫期唱：“到来朝陪王伴驾在那五凤楼”，《珠帘寨》里程敬思唱道：“为千岁懒登五凤楼”，指的就是这里。实际上铫期和程敬思都是不会登上五凤楼的。楼不但大臣上不去，就是皇帝也很少上去。

午门有什么用呢？旧戏和评书里常有一句话：“推出午门斩首！”哪能呢！这是编戏编书的人想象出来的。午门的用处大概有这么三项：一是逢什么大典时，皇上登上城楼接见外国使节。曾见过一幅紫铜的版刻，刻的就是这一盛典。外国使节、满汉官员，分班肃立，极为隆重。是哪一位皇上，庆的是何节日，已经记不清了。其次是献俘。打了胜仗（一般都是镇压了少数民族），要把俘虏（当然不是俘虏的全部，只是代表性的人物）押解到京城来。献俘本来应该在太庙。《清会典·礼部》：“解送俘囚至京师，钦天监择日献俘于太庙社稷。”但据熟悉掌故的同导说，在午门。到时候皇上还要坐到城楼亲自过过目。究竟在哪里，余生也晚，未能亲历，只好存疑。第三，大概是午门最有历史意义，也最有戏剧性的故实，是在这里举行廷杖。廷杖，顾名思义，是在朝廷上受杖。不过把一位大臣按在太和殿上打屁股，也实在不大像样子，所以都在午门外举行。廷杖是对廷臣的酷刑。据朱国桢《涌幢小品》，廷杖始于唐玄宗时。但是盛行似在明代。原来不过是“意思意思”。《涌幢小品》说：“成化以前，凡廷杖者不去衣，用厚棉底衣，毛毡迭帊，示辱而已。”穿了厚棉裤，又垫着几层毡子，打起来想必不会太疼。但就这样也够呛，挨打以后，要“卧床数日，而后得愈”。“正德初年，逆瑾（刘瑾）用事，恶廷臣，始去衣。”——那就说脱了裤子，露出屁股挨打了。“遂有杖死者。”掌刑的是“厂卫”。明朝宦官掌握的特务机关有东厂、西厂，后来又有中行厂。廷杖在午门外举行，抡杖的该是中行厂的锦衣卫。五凤楼下，血肉横飞，是何景象？

不知从什么时候起，五凤楼就很少有人上去。“马道”的门锁着。民国以后，在这里设立了历史博物馆。据历史博物馆的老工友说，建馆后，曾经修缮过一次，从城楼的天花板上扫出了一些烧鸡骨头、荔枝壳和桂圆壳。他们说，这是“飞贼”留下来的。北京的“飞贼”作了案，就到五凤楼天花板上藏着，谁也找不着——那倒是，谁能搜到这样的地方呢？老工友们说，“飞贼”用一根麻绳，一头系一个大铁钩，一甩麻绳，把铁钩搭在城垛子上，三把两把，就“就”上来了。

这种情形，他们谁也不会见过，但是言之凿凿。这种燕子李三式的人物引起老工友们美丽的向往，因为他们都已经老了，而且有的已经半身不遂。

“历史博物馆”名目很大，但是没有多少藏品，东边的马道里有两尊“将军炮”，是很大的铜炮，炮管有两丈多长。一尊叫作“武威将军炮”，另一尊叫什么将军炮，忘了。据说张勋复辟时曾启用过两尊将军炮，有的老工友说他还听到过军令：“传武威将军炮！”“传××将军炮！”是谁传？张勋，还是张勋的对立面？说不清。马道拐角处有一架李大钊烈士就义的绞刑机。据说这架绞刑机是德国进口的，只用过一次。为什么要把这东西陈列在这里呢？我们在写说明卡片时，实在不知道如何下笔。

城楼（我们习惯叫作“正殿”）里保留了皇上的宝座。两边铁架子上挂着十多件袁世凯祭孔用的礼服，黑缎的面料，白领子，式样古怪，道袍不像道袍。这一套服装为什么陈列在这里，也莫名其妙。

四个方亭子陈列的都是没有多大价值，也不值什么钱的文物：不知道来历的墓志、烧瘫在“匣”里的钧窑瓷碗、清代的“黄册”（为征派赋役编造的户口册）、殿试的卷子、大臣的奏折……西北角一间亭子里陈列的东西却有点特别，是多种刑具。有两把杀人用的鬼头刀，都只有一尺多长。我这才知道，杀头不是用力把脑袋砍下来，而是用“巧劲”把脑袋“切”下来。最引人注意的是一套凌迟用的刀具，装在一个木匣里，有一二十把，大小不一。还有一把细长的锥子。据说受凌迟的人挨了很多刀，还不会死，最后要用这把锥子刺穿心脏，才会气绝。中国的剐刑搞得这样精细而科学，真是令人叹为观止。

整天和一些价值不大、不成系统的文物打交道，真正是“抱残守缺”。日子过得倒是蛮清闲的。白天检查检查仓库，更换更换说明卡片，翻翻资料，都是可做可不做的事情。下班后，到左掖门外筒子河边看看算卦的算卦，——河边有好几个卦摊；看人叉鱼，——叉鱼的沿河走，捏着鱼叉，欻地一叉下去，一条二尺来长的黑鱼就叉上来了。到了晚上，天安门、端门、左右掖门都关死了，我就到屋里看书。我住的宿舍在右掖门旁边，据说原是锦衣卫——就是执行廷杖的特务值宿的房子。四外无声，异常安静。我有时走出房门，站在午门前的石头坪场上，仰看满天星斗，觉得全世界都是凉的，就我这里一点是热的。

北平一解放，我就告别了午门，参加四野南下工作团南下了。从此就再也没有到午门去看过，不知道午门现在是什么样子。

有一件事可以记一记。解放前一天，我们正准备迎接解放。来了一个人，说："你们赶紧收拾收拾，我们还要办事呢！"他是想在午门上登基。这人是个疯子。

随遇而安

我当了一回右派，真是三生有幸。要不然我这一生就更加平淡了。

我不是一九五七年打成右派的，是一九五八年“补课”补上的，因为本系统指标不够。划右派还要有“指标”，这也有点奇怪。这指标不知是一个什么人所规定的。

一九五七年我曾经因为一些言论而受到批判，那是作为思想问题来批判的。在小范围内开了几次会，发言都比较温和，有的甚至可以说很亲切。事后我还是照样编刊物，主持编辑部的日常工作，还随单位的领导和几个同志到河南林县调查过一次民歌。那次出差，给我买了一张软席卧铺车票，我才知道我已经享受“高干”待遇了。第一次坐软卧，心里很不安。我们在洛阳吃了黄河鲤鱼，随即到林县的红旗渠看了两三天。

凿通了太行山，把漳河水引到河南来，水在山腰的石渠中活活地流着，很叫人感动。收集了不少民歌。有的民歌很有农民式的浪漫主义的想象，如想到将来渠里可以有“水猪”“水羊”，想到将来少男少女都会长得很漂亮。上了一次中岳嵩山。这里运载石料的交通工具主要是用人力拉的排子车，特别处是在车上装了一面帆，布帆受风，拉起来轻快得多。帆本是船上用的，这里却施之陆行的板车上，给我十分新鲜的印象。我们去的时候正是桐花盛开的季节，漫山遍野摇曳着淡紫色的繁花，如同梦境。从林县出来，有一条小河，河的一面是峭壁，一面是平野，岸边密植杨柳，河水清澈，沁人心脾。我好像曾经见过这条河，以后还会看到这样的河。这次旅行很愉快，我和同志们也相处得很融洽，没有一点隔阂，一点别扭。这次批判没有使我觉得受了伤害，没有留下阴影。

一九五八年夏天，一天（我这人很糊涂，不记日记，许多事都记不准时间），我照常去上班，一上楼梯，过道里贴满了围攻我的大字报。要拔掉编辑部的“白旗”，措辞很激烈，已经出现“右派”字样。我顿时傻了。运动，都是这样：突然袭击。其实背后已经策划了一些日子，开了几次会，做了充分的准备，只是本人还蒙在鼓里，什么也不知道。这可以说是暗算。但愿这种暗算以后少来，这实在是很伤人的。如果当时量一量血压，一定会猛然增高。我是有实际数据的。“文化大革命”中我一天早上看到一批侮辱性的大字报，到医务所量了量血压，低压110，高压170。平常我的血压是相当平稳正常的，90—130。我觉得卫生部应该发一个文件：为了保障人民的健康，不要再搞突然袭击式的政治运动。

开了不知多少次批判会。所有的同志都发了言。不发言是不行的。我规规矩矩地听着，记录下这些发言。这些发言我已经完全都忘了，便是当时也没有记住，因为我觉得这好像不是说的我，是说的另外一个别的人，或者是一个根本不存在的、假设的、虚空的对象。有两个发言我还留下印象。我为一组义和团故事写过一篇读后感，题目是《仇恨·轻蔑·自豪》。这位同志说：“你对谁仇恨？轻蔑谁？自豪什么？”我发表过一组极短的诗，其中有一首《早春》，原文如下：

（新绿是朦胧的，飘浮在树杪，完全不像是叶子……）

远树的绿色的呼吸。

批判的同志说：连呼吸都是绿的了，你把我们的社会主义社会污蔑到了什么程度？！听到这样的批判，我只有停笔不记，愣在那里。我想辩解两句，行么？当时我想：鲁迅曾说费厄泼赖应该缓行，现在本来应该到了可行的时候，但还是不行。中国大概永远没有费厄的时候。所谓“大辩论”，其实是“大辩认”，他辩你认。稍微辩解，便是“态度问题”。态度好，问题可以减轻；态度不好，加重。问题是问题，态度是态度，问题大小是客观存在，怎么能因为态度如何而膨大或收缩呢？许多错案都是因为本人为了态度好而屈认，而造成的。假如再有运动（阿弥陀佛，但愿真的不再有了），对实事求是、据理力争的同志应予表扬。

开了多次会，批判的同志实在没有多少可说的了。那两位批判《仇恨·轻蔑·自豪》和“绿色的呼吸”的同志当然也知道这样的批判是不能成立的。批判“绿色的呼吸”的同志本人是诗人，他当然知道诗是不能这样引申解释的。他们也是没话找话说，不得已。我因此觉得开批判会对被批判者是过关，对批判者也是过关。他们也并不好受。因此，我当时就对他们没有怨恨，甚至还有点同情。我们以前是朋友，以后的关系也不错。我记下这两个例子，只是说明批判是一出荒诞戏剧，如莎士比亚说，所有的上场的人都只是角色。

我在一篇写右派的小说里写过：“写了无数次检查，听了无数次批判……她不再觉得痛苦，只是非常的疲倦。她想：定一个什么罪名，给一个什么处分都行，只求快一点，快一点过去，不要再开会，不要再写检查。”这是我的亲身体会。其实，问题只是那一些，只要写一次检查，开一次会，甚至一次会不开，就可以定案。但是不，非得开够了“数”不可。原来运动是一种疲劳战术，非得把人搞得极度疲劳，身心交瘁，丧失一切意志，瘫软在地上不可。我写了多次检查，一次比一次更没有内容，更不深刻，但是我知道，就要收场了，因为大家都累了。

结论下来了：定为一般右派，下放农村劳动。

我当时的心情是很复杂的。我在那篇写右派的小说里写道：“……她带着一种奇怪的微笑。”我那天回到家里，见到爱人说，“定成右派了”，脸上就是带着这种奇怪的微笑的。我也不知道我为什么要笑。

我想起金圣叹。金圣叹在临刑前给人写信，说：“杀头，至痛也，而圣叹于无意中得之，亦奇。”有人说这不可靠。金圣叹给儿子的信中说：“字谕大儿知悉，花生米与豆腐干同嚼，有火腿滋味。”有人说这更不可靠。我以前也不大相信，临刑之前，怎能开这种玩笑？现在，我相信这是真实的。人到极其无可奈何的时候，往往会生出这种比悲号更为沉痛的滑稽感，鲁迅说金圣叹“化屠夫的凶残为一笑”，鲁迅没有被杀过头，也没有当过右派，他没有这种体验。

另一方面，我又是真心实意地认为我是犯了错误，是有罪的，是需要改造的。我下放劳动的地点是张家口沙岭子。离家前我爱人单位正在搞军事化，受军事训练，她不能请假回来送我。我留了一个条子：“等我五年，等我改造好了回来。”就背起行李，上了火车。

右派的遭遇各不相同，有幸有不幸。我这个右派算是很幸运的，没有受多少罪。我下放的单位是一个地区性的农业科学研究所。所里有不少技师、技术员，所领导对知识分子是了解的，只是在干部和农业工人的组长一级介绍了我们的情况（和我同时下放到这里的还有另外几个人），并没有在全体职工面前宣布我们的问题。不少农业工人（也就是农民）不知道我们是来干什么的，只说是毛主席叫我们下来锻炼锻炼的。因此，我们并未受到歧视。

初干农活，当然很累。像起猪圈、刨冻粪这样的重活，真够一呛。我这才知道“劳动是沉重的负担”这句话的意义。但还是咬着牙挺过来了。我当时想：只要我下一步不倒下来，死掉，我就得拼命地干。大部分的农活我都干过，力气也增长了，能够扛一百七十斤重的一麻袋粮食稳稳地走上和地面成四十五度角那样陡的高坡。后来相对固定在果园上班。果园的活比较轻松，也比“大田”有意思。最常干的活是给果树喷波尔多液。硫酸铜加石灰，兑上适量的水，便是波尔多液，颜色浅蓝如晴空，很好看。喷波尔多液是为了防治果树病害，是常年要喷的。喷波尔多液是个细致活，不能喷得太少，太少了不起作用；不能太多，太多了果树叶子挂不住，流了。叶面、叶背都得喷到。许多工人没这个耐心，于是喷波尔多液的工作大部分落在我的头上，我成了喷波尔多液的能手。喷波尔多液次数多了，我的几件白衬衫都变成了浅蓝色。

我们和农业工人干活在一起，吃住在一起。晚上被窝挨着被窝睡在一铺大炕上。农业工人在枕头上和我说了一些心里话，没有顾忌。我这才比较切近地观察了农民，比较知道中国的农村、中国的农民是怎么一回事。这对我确立以后的生活态度和写作态度是很有好处的。

我们在下面也有文娱活动。这里兴唱山西梆子（中路梆子），工人里不少都会唱两句。我去给他们化妆。原来唱旦角的都是用粉妆，——鹅蛋粉、胭脂、黑锅烟子描眉。我改成用戏剧油彩，这比粉妆要漂亮得多。我勾的脸谱比张家口专业剧团的“黑”（山西梆子谓花脸为“黑”）还要干净讲究。遇春节，沙岭子堡（镇）闹社火，几个年轻的女工要去跑旱船，我用油底浅妆把她们一个个打扮得如花似玉，轰动一堡，几个女工高兴得不得了。我们和几个职工还合演过戏，我记得演过的有小歌剧《三月三》、崔巍的独幕话剧《十六条枪》。一年除夕，在“堡”里演话剧，海报上特别标出一行字：

台上有布景

这里的老乡还没有见过个布景。这布景是我们指导着一个木工做的。演完戏，我还要赶火车回北京，连妆都没卸干净，就上了车。

一九五九年底给我们几个人做鉴定，参加的有工人组长和部分干部。工人组长一致认为：老汪干活不藏奸，和群众关系好，“人性”不错，可以摘掉右派帽子。所领导考虑，才下来一年，太快了，再等一年吧。这样，我就在一九六〇年在交了一个思想总结后，经所领导宣布：摘掉右派帽子，结束劳动。暂时无接收单位，在本所协助工作。

我的“工作”主要是画画。我参加过地区农展会的美术工作（我用多种土农药在展览牌上粘贴出一幅很大的松鹤图，色调古雅，这里美术中专的一位教员曾特别带着学生来观摩）；我在所里布置过“超声波展览馆”（“超声波”怎样用图像表现？声波是看不见的，没有办法，我就画了农林牧副渔多种产品，上面一律用圆规蘸白粉画了一圈又一圈同心圆）。我的“巨著”，是画了一套《中国马铃薯图谱》。这是所里给我的任务。

这个所有一个下属单位“马铃薯研究站”，设在沽源。为什么设在沽源？沽源在坝上，是高寒地区（有一年下大雪，沽源西门外的积雪跟城墙一般高）。马铃薯本是高寒地带的作物。马铃薯在南方种几年，就会退化，需要到坝上调种。沽源是供应全国薯种的基地，研究站设在这里，理所当然。这里集中了全国各地、各个品种的马铃薯，不下百来种，我在张家口买了纸、颜色、笔，带了在沙岭子新华书店买得的《癸巳类稿》《十驾斋养新录》和两册《容斋随笔》（沙岭子新华书店进了这几种书也很奇怪，如果不是我买，大概永远也卖不出去），就坐长途汽车，奔向沽源，其时在八月下旬。

我在马铃薯研究站画《图谱》，真是神仙过的日子。没有领导，不用开会，就我一个人，自己管自己。这时正是马铃薯开花，我每天蹚着露水，到试验田里摘几丛花，插在玻璃杯里，对着花描画。我曾经给北京的朋友写过一首长诗，叙述我的生活。全诗已忘，只记得两句：

坐对一丛花，
眸子炯如虎。

下午，画马铃薯的叶子。天渐渐凉了，马铃薯陆续成熟，就开始画薯块。画一个整薯，还要切开来画一个剖面。一块马铃薯画完了，薯块就再无用处，我于是随手埋进牛粪火里，烤烤，吃掉。我敢说，像我一样吃过那么多品种的马铃薯的，全国盖无第二人。

沽源是绝塞孤城。这本来是一个军台。清代制度，大臣犯罪，往往由帝皇批示“发往军台效力”，这处分比充军要轻一些（名曰“效力”，实际上大臣自己并不去，只是闲住在张家口，花钱雇一个人去军台充数）。

我于是在《容斋随笔》的扉页上，用朱笔画了一方图章，文曰：

效力军台

白天画画，晚上就看我带去的几本书。

一九六二年初，我调回北京，在北京京剧团担任编剧，直至离休。

摘掉右派分子帽子，不等于不是右派了。“文革”期间，有人来外调，我写了一个旁证材料。人事科的同志在材料上加了批注：

该人是摘帽右派。所提供情况，仅供参考。

我对“摘帽右派”很反感，对“该人”也很反感。“该人”跟“该犯”差不了多少。我不知道我们的人事干部从什么地方学来的这种带封建意味的称谓。

“文化大革命”，我是本单位第一批被揪出来的，因为有“前科”。

“文革”期间给我贴的大字报，标题是：

老右派，新表演

我搞了一些时期“样板戏”，江青似乎很赏识我，于是忽然有一天宣布：“汪曾祺可以控制使用。”这主要当然是因为我曾是右派。在“控制使用”的压力下搞创作，那滋味可想而知。

一直到一九七九年给全国绝大多数右派分子平反，我才算跟右派的影子告别。我到原单位去交材料，并向经办我的专案的同志道谢：“为了我的问题的平反，你们做了很多工作，麻烦你们了，谢谢！”那几位同志说：“别说这些了吧！二十年了！”

有人问我：“这些年你是怎么过来的？”他们大概觉得我的精神状态不错，有些奇怪，想了解我是凭仗什么力量支持过来的。我回答：

“随遇而安。”

丁玲同志曾说她从被划为右派到北大荒劳动，是“逆来顺受”。我觉得这太苦涩了，“随遇而安”，更轻松一些。“遇”，当然是不顺的境遇，“安”，也是不得已。不“安”，又怎么着呢？既已如此，何不想开些。如北京人所说：“哄自己玩儿。”当然，也不完全是哄自己。生活，是很好玩的。

随遇而安不是一种好的心态，这对民族的亲和力和凝聚力是会产生消极作用的。这种心态的产生，有历史的原因（如受老庄思想的影响），本人气质的原因（我就不是具有抗争性格的人），但是更重要的是客观，是“遇”，是环境的，生活的，尤其是政治环境的原因。中国的知识分子是善良的。曾被打成右派的那一代人，除了已经死掉的，大多数都还在努力地工作。他们的工作的动力，一是要证实自己的价值。人活着，总得做一点事。二是对生我养我的故国未免有情。但是，要恢复对在上者的信任，甚至轻信，恢复年轻时的天真的热情，恐怕是很难了。他们对世事看淡了，看透了，对现实多多少少是疏离的。受过伤的心总是有璺的。人的心，是脆的。

这是没有办法的事。

为政临民者，可不慎乎。

沙岭子

我曾在沙岭子农业科学研究所下放劳动过四个年头——一九五八年至一九六一年。

沙岭子是京包线宣化至张家口之间的一个小站。从北京乘夜车，到沙岭子，天刚刚亮。从车上下来十多个旅客，四散走开了。空气是青色的。下车看看，有点凄凉。我以后请假回北京，再返沙岭子，每次都是乘的这趟车，每次下车，都有凄凉之感。

这是一个极其普通的小车站。四年中，我看到它无数次了，它总是那样。四年不见一点变化。照例是涂成浅黄色的墙壁，灰色板瓦盖顶，冷清清的。

靠站的客车一天只有几趟。过境的货车比较多。往南去的最常见的是大兴安岭下来的红松。其次是牲口，马、牛，大概来自坝上或内蒙古草原。这些牛马站在敞顶的车厢里，样子很温顺。往北去的常有现代化的机器，装在高大的木箱里，矗立着。有时有汽车，都是崭新的。小汽车的车头爬在前面小车的后座上，一辆搭着一辆，像一串甲虫。

运往沙岭子到站的货物不多。有时甩下一节车皮，装的是铁矿砂。附近有一个铁厂。铁矿砂堆在月台上。矿砂运走了，月台被染成了紫红色；有时卸一车石灰，月台就被染得雪白的。紫颜色、白颜色，被人们的鞋底带走了，过不几天，月台又恢复了原先的浅灰的水泥颜色。

从沙岭子起运的，只有石头。东边有一个采石场——当地叫作“片石山”，每天十一点半钟放炮崩山。山已经被削去一半了。

农科所原来的房子很好，疏疏朗朗，布置井然。迎面是一排青砖的办公室，整整齐齐。办公室后是一个空场。对面是种子仓库，房梁上挂了很多整株的作物良种。更后是食堂，再后是猪舍。东面是职工宿舍，有两间大的是单身合同工住的，每间可容三十人。我就在东边一间的一张木床上睡了将近三年，直到摘了右派帽子，结束劳动后，才搬到干部宿舍里，和一个姓陈的青年技术员合住一间。种子仓库西边有一条土路，略高出于地面。路之西，有一排矮矮的圆锥形的谷仓，状如蘑菇，工人们就叫它为“蘑菇仓库”，是装牲口饲料玉米豆的。蘑菇仓库以西，是马号。更西，是菜园、温室。农科所的概貌尽于此。此外，所里还有一片稻田，在沙岭子堡（镇）以南；有一片果园，在车站南。

头两年参加劳动，扎扎实实地劳动。大部分农活我差不多都干过。除了一些全所工人一齐出动的集中的突击性的活，如插秧、锄地、割稻子之外，我相对固定在果园干活。干得最多的是喷波尔多液。硫酸铜加石灰兑水，这就是波尔多液。果园一年不知道要喷多少次波尔多液，这是果树防病所必需的。梨树、苹果要喷，葡萄更是十天八天就得喷一回。果园有一本工作日记似的本本，记录每天干的活，翻开到处是“葡萄喷波尔多液”。这日记是由果园组组长填写的。不知道什么道理，这里的干部工人都把葡萄写成“艻艻”。两个字一样，为什么会读出两个字音呢？因为我喷波尔多液喷得细致，到后来这活都交给了我。波尔多液是天蓝色的，很漂亮。因为喷波尔多液的次数太多，我的几件白衬衫都变成浅蓝的了。

结束劳动后暂时无法分配工作，我就留在所里打杂，主要是画画。我曾参加过张家口地区农业展览会的美术工作，在画布或三合板上用水粉画白菜、萝卜、大葱、大蒜、短角牛、张北马。布置过一个超声波展览馆——那年不知怎么兴起了超声波，很多单位都试验这东西，好像这是一种增产的魔术。超声波怎么表现呢？这东西又看不见。我于是画了许多动物、植物、水产，农林牧副渔，什么都有，而在所有的画面上一律加了很多同心圆，表示这是超声波的振幅！我画过一套颇有学术价值的画册：《中国马铃薯图谱》。沽源有个马铃薯研究站，集中了全国各地的，各种品种的马铃薯。研究站归沙岭子农科所领导。领导研究，要出版一套图谱，绘图的任务交给了我。在马铃薯花盛开的时候，我坐上二饼子牛车到了沽源研究站。每天蹚着露水到地里掐一把花，几枝叶子，拿回办公室，插在玻璃杯里，照着画。我的工作实在是舒服透顶，不开会，不学习，没人管，自由自在，也没有指标定额，画多少算多少。画起来是不费事的。马铃薯的花大小只有颜色的区别，花形都一样；叶片也都差不多，有的尖一点，有的圆一点。花和叶子画完，画薯块。一个整个的马铃薯，一个剖面。画完一种薯块，我就把它放进牛粪火里烤熟了，吃掉。这里的马铃薯不下七八十种，每一种我都尝过。中国吃过那么多种马铃薯的人，大概不多。天冷了，马铃薯块还没有画完，有一部分是运到沙岭子画的。还是那样的舒服。一个人一间屋子，生一个炉子，画一块，在炉子上烤烤，吃掉。我还画过一套口蘑图谱，钢笔画。口蘑都是灰白色，不需要着色。

我就这样在沙岭子度过了四个年头。

一九八三年，我应张家口市文联之邀，去给当地青年作家讲过一次课。市文联的两个同志是曾和我同时下放沙岭子农科所劳动过的，他们为我安排的活动，自然会有一项：到沙岭子看看。吉普车开到农科所门前，下车看看，可以说是面目全非。盖了一座办公楼，是灰绿色的。我没有进去，但是觉得在里面办公是不舒服的，不如原先的平房宽敞豁亮。楼上下来一个人，是老王，我们过去天天见。老王见我们很亲热。他模样未变，但是苍老了。他说起这些年的人事变化，谁得了癌症；谁受了刺激，变得糊涂了；谁病死了；谁在西边一棵树上上了吊死了，说不清是什么原因。他说起所里“文化大革命”的一些情况，说起我画的那套马铃薯图谱在“文化大革命”中毁了，很可惜。我在的时候，他是大学刚刚毕业，现在大概是室主任了。那时他还没有结婚，现在女儿已经上大学了。真是“昔别君未婚，儿女忽成行”。他原来是个很精神的小伙子，现在说话却颇有不胜沧桑之感。

老王领我们到后面去看看。原来的格局已经看不出多少痕迹。种子仓库没有了，蘑菇仓库没有了。新建了一些红砖的房屋，横七竖八。我们走到最后一排，是木匠房。一个木匠在干活，是小王！我住在工人集体宿舍的时候，小王的床挨着我的床。我在的时候，所里刚调他去学木匠，现在他已经是四级工，带两个徒弟了。小王已经有两个孩子。他说起他结婚的时候，碗筷还是我给他买的，锁门的锁也是我给他买的，这把锁他现在还在用着。这些，我可一点不记得了。

我们到果园看了看。果园可是大变样了。原来是很漂亮的，葱葱茏茏，蓬蓬勃勃，那么多的梨树，那么多的苹果，尤其是葡萄，一行一行，一架一架，整整齐齐，真是蔚为大观。葡萄有很多别处少见的名贵品种：白香蕉、柔丁香、秋紫、金铃、大粒白、白拿破仑、黑罕、巴勒斯坦……现在，全都不见了。果园给我的感觉，是荒凉。我知道果树老了，需要更新，但何至于砍伐成这样呢？有一些新种的葡萄，才一人高，挂了不多的果。

遇到一个熟人，在给葡萄浇水。我想不起他的名字了。他原来是猪倌，后来专管“下夜”，即夜间在所内各处巡看。这是个窝窝囊囊的人，好像总没有睡醒，说话含糊不清，而且他不爱洗脸。他的老婆跟他可大不一样，身材颀长挺拔，而且出奇地结实，我们背后叫她阿克西尼亚。老婆对他“死不待见”。有一天，我跟他一同下夜，他走到自己家门口，跟我说：“老汪，你看着点，偓去闹渠一棰。”他是柴沟堡人。那里人说话很奇怪，保留了一些古音。“偓”即我（像客家话），“渠”即她（像广东话）。“闹渠一棰”是搞她一次。他进了屋，老婆先是不答应，直骂娘。后来没有声音了。待了一会儿，他出来了，继续下夜。我见了他，不禁想起那回事，问老王：“他老婆还是不待见他吗？”老王说：“他们已经有了两个孩子了。”我很想见见阿克西尼亚，不知她现在是什么样子。

去看看稻田。

稻田挨着洋河。洋河相当宽，但是常常没有水，露出河底的大块卵石。水大的时候可以齐腰。不能行船，也无须架桥。两岸来往，都是徒涉。河南人过来，到河边，就脱了裤子，顶在头上，一步一步蹚着水。因此当地人揶揄之道：“河南汉，咯吱咯吱两颗蛋。”

河南地薄而多山。天晴时，在稻田场上可以看到河南的大山，山是干山，无草木，山势险峻，皱皱褶褶，当地人说：“像羊肚子似的。”形容得很贴切。

稻田倒还是那样。地块、田埂、水渠、渠上的小石桥、地边的柳树、柳树下一间土屋，土屋里有供烧开水用的锅灶，全都没有变。二十多年了，好像昨天我们还在这里插过秧，割过稻子。

稻田离所里比较远。到稻田干活，一般中午就不回所里吃饭了，由食堂送来。都是蒸莜面饸饹，疙瘩白熬山药，或是一人一块咸菜。我们就攥着饸饹狼吞虎咽起来。稻田里有很多青蛙。有一个同我们一起下放的同志，是浙江人。他捉了好些青蛙，撕了皮，烧一堆稻草火，烤田鸡吃。这地方的人是不吃田鸡的，有几个孩子问："这东西好吃？"他们尝了一个："好吃好吃！"于是七手八脚捉了好多，大家都来烤田鸡，不知是谁，从土屋里翻出一碗盐，烤田鸡蘸盐水，就莜面，真是美味。吃完了，各在柳荫下找个地方躺下，不大一会儿，都睡着了。

在水渠上看见渠对面走来两个女的，是张素花和刘美兰。我过去在果园经常跟她们一起干活。我大声叫她们的名字。刘美兰手搭凉棚望了一眼，问："是不是老汪？"

"就是！"

"你咋会来了？"

"来看看。"

"一下来家吃饭。"

"不了，我要回张家口，下午有个会。"

“没事儿来！”

“来！——你和你丈夫还打架吗？”

刘美兰和丈夫感情不好，丈夫常打她，有一次把她的小手指都打弯了。

“偓都当了奶奶了！”

刘美兰和张素花不知道说了什么，两个人嘻嘻笑着，走远了。

重回沙岭子，我似乎有些感触，又似乎没有。这不是我所记忆、我所怀念的沙岭子，也不是我所希望的沙岭子。然而我所希望的沙岭子又应是什么样子的呢？我也说不出。我只是觉得这一代的人都糊里糊涂地老了。是可悲也。

藻鉴堂

我曾在藻鉴堂住过一阵，初春，为了写一个剧本。同时住在那里的有《红岩》的作者罗广斌、杨益言，歌剧《江姐》的作者阎肃，还有我们剧团的几个编剧。藻鉴堂在颐和园的极西，围墙外就不是颐和园了。这是园内的一个偏僻的去处，原本就很少有游人来，自从辟为一个休养所，就更没有人来了。堂在一个半岛上，三面环水，岛西面往南往北都有通路，地方极为幽静。这个堂原来不知是干什么用的。大概盖得了之后，慈禧太后从来也没有来住过。这是一座两层楼的建筑，内部经过改修，有暖气、自来水、卫生设备，已经相当现代化了。外面看，还是一座带有宫廷风格的别墅。在这里写作，堪称福地。

我们白天讨论，写作。到了傍晚，已经“净园”——北京的公园到了快闭园门的时候，摇铃通知游人离去，叫作“净园”——我们常从北面的小路上走出来，沿颐和园绕一大圈，从南边回去。花木无言，鸟凫自乐，得园之趣，非白日摩肩接踵的游人所能受用。

藻鉴堂北有一个很怪的东西。这是一个砖砌大圆筒。半截在地面以上，从外面看像烟筒。半截在地面以下。露在地面上的半截，不到一人高。站在筒口，可以俯看。往下看，像一口没有水的干井。井底也是圆的，颇宽广，井底还有两间房屋。这是清廷“圈禁”犯罪的亲王的地方。据颐和园的工作人员告诉我，有一个有名的什么什么亲王曾经圈禁在这里。似乎在这里圈禁过的亲王也就是这一个。我于清史太无知，把亲王的名字忘记了。这可真是名副其实的“圈禁”，——关禁在一个圆圈里面。圈的底至口约有四丈，他是插翅也飞不出去的。这位亲王除了坐井观天之外，只有等死。我很纳闷，当初是怎么把亲王弄进去的呢？——这个圆筒没有门。亲王的饮食，包括他的粪便，又是如何解决的呢？嗐，我这都是多虑。爱新觉罗家族既有此祖宗遗规，必有一套周到妥善的处理。

前两年有一个大学生跳进这个圆筒自杀死了。等发现时，尸体已经干透。

不要着急

我们在藻鉴堂的生活很好，只是新鲜蔬菜少一点。伙房里老给我们吃炒回锅猪头肉。炒猪头肉不难吃，只是老吃有点受不了。

服务员里有一位很健谈，山东清河县人，他极言西门庆没这个人，这是西门的一口磬。自来说《水浒》《金瓶梅》者无此新解，录以备忘。

玉渊潭的传说

玉渊潭公园范围很大，东接钓鱼台，西到三环路，北靠白堆子、马神庙，南通军事博物馆。这个公园的好处是自然，到现在为止，还不大像个公园，——将来可不敢说了。没有亭台楼阁、假山花圃。就是那么一片水，好些树。绕湖边长堤，转一圈得一个多小时。湖中有堤，贯通南北，把玉渊潭分为西湖和东湖。西湖可游泳，东湖可划船。湖边有很多人钓鱼，湖里有人坐了汽车内胎扎成的筏子撒网。堤上有人遛鸟，有两三处是鸟友们“会鸟”的地方，画眉、百灵，叫成一片。有人打拳、做鹤翔桩、跑步。更多的人是遛弯儿的。遛弯儿有几条路线，所见所闻不同。常遛的人都深有体会。有一位每天来遛的常客，以为从某处经某处，然后出玉渊潭，最有意思。他说：“这个弯儿不错。”

不要着急

每天遛弯儿，总可遇见几位老人。常见，面熟了，见到总要点点头："遛遛？"——"吃啦？"——"今儿天不错，——没风！"……

几位老人都已经八十上下了。他们是玉渊潭的老住户，有的已经住了几辈子。他们原来都是种地的，退休了。身子骨都挺硬朗。早晨，他们都绕长堤遛弯儿。白天，放放奶羊、莳弄莳弄巴掌大的一块菜地、摘一点喂鸡的猪儿草。晚饭后大都聚在湖北岸水闸旁边聊天。尤其是夏天，常常聊到很晚。这地方凉快。

我听他们聊，不免问问玉渊潭过去的事。

他们说玉渊潭原本是一片荒地，没有什么人来。只有每年秋天，热闹几天。城里很多人到玉渊潭来吃烤肉，——北京人不是讲究"贴秋膘"吗？各处架起烤肉炙子，烧着柴火，烤肉的香味顺风飘得老远……

秋高气爽，到野地里吃烤肉，瞧瞧湖水，闻着野花野草的清香，确实是一件乐事。我倒愿意这种风气能够恢复。不过，很难了！

老人们说：这玉渊潭原本是私人的产业，是张××的（他们把这个姓张的名字叫得很真凿，我曾经记住，后来忘了）。

那会儿玉渊潭就是当中有一条陆地，种稻子。土肥水好，每年收成不错，玉渊潭一带的人，种的都是张家的地。

他们说：不但玉渊潭，由打阜成门，一直到现在的三环路，都是张××的，他一个人的。

（这可能吗？）

这张××是怎么发的家呢？他是做“供”的。早年间北京人订供，不是一次给钱，而是分期给，按时给，从正月给到腊月，年底下就能捧回去一盘供。这张××收了很多家的钱，全花了。到了年根，要面没面，要油没油，拿什么给人家呀！他着急呀，睡不着觉。迷迷糊糊地着了，做了一个梦，梦里听见有人跟他说：张××，哪儿哪儿有你的油，你的面，你去拉吧！他醒来，到了那儿，有一所房，里面有油有面，他就赶着车往外拉。怎么拉也拉不完。怎么拉，也拉不完。起那儿，他就发了大财了！

这个传说当然不可信，情节也比较一般化。不过也还有点意思。从这个传说让我了解了几件事。

第一，北京人家过年，家家都要有一盘供。南方人也许不知道什么是“供”。供，就是面擀成指头粗的条，在油里炸透，蘸了蜂蜜，堆成宝塔形，供在神案上的一种甜食。这大概本来是佛教敬奉释迦牟尼的东西，而且本来可能是庙里制作的。《红楼梦》第一回写葫芦庙中炸供，和尚不小心，油锅火逸，造成火灾，可为旁证。不过《红楼梦》写炸供是在三月十五，而北京人家摆供则在大年初一，季节不同。到后来，就不只是敬给释迦牟尼了，天上地下，各教神仙都有份。似乎一切神佛都爱吃甜东西。其实爱吃这种甜食的是孩子。北京的孩子大概都曾乘大人看不见的时候，偷偷地掰过供尖吃。到了撤供的时候，一盘供就会矮了一截。现在过年的时候，没有人家摆供了，不过点心铺里还有“蜜供”卖，只是不复堆成宝塔形，而是一疙瘩一块的。很甜，有一点蜜香。

第二，我这才知道，北京人家订供，用的是这种“分期付款”的办法。分期付款，我原以为是外国传来的，殊不知中国，北京，古已有之。所不同的，现在的分期付款是先取了东西，再陆续付钱，订供则是先钱后货。小户人家，到年底一次拿出一笔钱来办供，有些费劲，这样零揪着按月交钱，就轻松多了；做供的呢，也可以攒了本钱，从容备料。买主卖主，两得其便。这办法不错！

第三，这几位老人对这传说毫不怀疑。他们是当真事儿说的。他们说张××实有其人，他们说他就住在三环路的南边。他们说北京人有一句话：“你有钱！——你有钱能比得了张××吗？”这几位老人都相信：人要发财，这是天意，这是命。因此，他们都顺天而知命，与世无争，不作非分之想。他们勤劳了一辈子，恬淡寡欲，心平气和。因此，他们都长寿。

钓鱼台

我在钓鱼台西边住了好几年，不知道钓鱼台里面是什么样子。

钓鱼台原是一片野地，清代，清明前后，偶尔有闲散官员爱写写诗的，携酒来游。这地方很荒凉，有很多坟。张问陶《船山诗草·闰二月十六日清明与王香圃徐石溪查苗圃小山兄弟携酒游钓鱼台看桃花归过白云观法源寺即事二首》云："荒坟沿路有，浮世几人闲。"可证。这里的景致大概是："柳枝漠漠笼青烟，山桃欲开红可怜。人声渐远波声小，一片明湖出林杪。"（《船山诗草·十九日刁之招国子卿竹堂稚存琴山质夫立凡携酒游钓鱼台》）不知道从什么时候起，逐渐营建，最后成了国宾馆。

钓鱼台的周围原来是竹竿扎成的篱笆，竹竿上涂绿油漆，从篱笆窟窿中约略可见里面的房屋树木。"文化大革命"初期，不是一九六六年就是一九六七年，改筑了围墙，里面就什么也看不见了。围墙上安了电网，隔不远有一个红灯泡。晚上红灯一亮，瞧着有点瘆人。围墙东面、北面各开一座大门。东面大门里是一座假山；北面大门里砌了一个很大的照壁，遮住行人的视线。照壁上涂了红漆，堆出五个笔势飞动的金字："为人民服务"。门里安照壁，本是常事，但是这五个字用在这里，似乎不怎么合适。为什么搞得这样戒备森严起来了呢？原因之一，是江青常常住在这里，"文化大革命"的许多重大决策都是由这里做出的。不妨说，这是"文革"的策源地。我每天要从"为人民服务"之前经过，觉得照壁后面，神秘莫测。

我们街坊有两个孩子爬到五楼房顶上拿着照相机对着钓鱼台拍照，刚按快门，这座楼已经被钓鱼台的警卫围上了。

钓鱼台原来有一座门，靠南边，朝西，像一座小城门，石额上有三个馆阁体的楷书："钓鱼台"。附近的居民称之为"古门"。这座门正对玉渊潭。玉渊潭和钓鱼台原是一体。张问陶诗中的"一片明湖出林杪"，指的正是玉渊潭。玉渊潭有一条贯通南北的堤，把潭分成东西两半，堤中有水闸，东西两湖的水是相通的。原来潭东、潭西和当中的土堤都是可以走人的。自从江青住进钓鱼台之后，把挨近钓鱼台的东湖沿岸都安了带毛刺的铁丝网，——老百姓叫它“铁蒺藜”。铁蒺藜是钉在沿岸的柳树上的。这样，东湖就成了禁地。行人从潭中的堤上走过时，不免要向东边看一眼，看看可望而不可即的钓鱼台，沉沉烟霭，苍苍树木。

“四人帮”垮台后，铁蒺藜拆掉了，东湖解放了。湖中有人划船、钓鱼、游泳。东堤上又可通行了。很多人散步、练气功、遛鸟。有些游人还爱扒在“古门”的门缝上往里看。警卫的战士看到，也并不呵斥。有一年，修缮西南角的建筑，为了运料方便，打开了古门，人们可以看到里面的“养元斋”，一湾流水，几块太湖石，丛竹高树。钓鱼台不再那么神秘了。

原来的铁蒺藜有的是在柳树上箍一个圈，再用钉子钉上的，有一棵柳树上的铁蒺藜拆不净，因为它已经长进树皮里，拔不出来了。这棵柳树就带着外面拖着一截的铁蒺藜往上长，一天比一天高。这棵带着铁蒺藜的树，是“四人帮”作恶的一个历史见证。似乎这也像经了“文化大革命”一通折腾之后的中国人。

听遛鸟人谈戏

近来我每天早晨绕着玉渊潭遛一圈。遛完了，常找一个地方坐下听人聊天。这可以增长知识，了解生活。还有些人不聊天。钓鱼的、练气功的，都不说话。游泳的闹闹嚷嚷，听不见他们嚷什么。读外语的学生，读日语的、英语的、俄语的，都不说话，专心致志把莎士比亚和屠格涅夫印进他们的大脑皮层里去。

比较爱聊天的是那些遛鸟的。他们聊的多是关于鸟的事，但常常联系到戏。遛鸟与听戏，性质上本相接近。他们之中不少是既爱养鸟，也爱听戏，或曾经也爱听戏的。

遛鸟的起得早，遛鸟的地方常常也是演员喊嗓子的地方，故他们往往有当演员的朋友，知道不少梨园掌故。有的自己就能唱两口。有一个遛鸟的，大家都叫他“老包”，他其实不姓包，因为他把鸟笼一挂，自己就唱开了：“包龙图打坐在开封府……”就这一句。唱完了，自己听着不好，摇摇头，接茬再唱：“包龙图打坐……”

因为常听他们聊，我多少知道一点关于鸟的常识。知道画眉的眉子齐不齐，身材胖瘦，头大头小，是不是“原毛”，有“口”没有，能叫什么玩意儿：伏天儿、喜鹊——大喜鹊、山喜鹊、苇咋子、猫、家雀打架、鸡下蛋……知道画眉的行市，哪只鸟值多少“张”。——“张”，是一张十元的钞票。他们的行话不说几十块钱，而说多少张。有一个七十八岁的老头，原先本是勤行，他的一只画眉，人称鸟王。有人问他出不出手，要多少钱，他说：“二百。”遛鸟的都说：“值！”

我有些奇怪了，忍不住问：“一只鸟值多少钱，是不是公认的？你们都瞧得出来？”

几个人同时叫起来：“那是！老头的值二百，那只生鸟值七块。梅兰芳唱戏卖两块四，戏校的学生现在卖三毛。老包，倒找我两块钱！那能错了？”“全北京一共有多少画眉？能统计出来吗？”

“横是不少！”

这位对画眉和京剧的前途都非常乐观。

一个六十多岁的退休银行职员说："养画眉的历史大概和京剧的历史差不多长，有四大徽班那会儿就有画眉。"

他这个考证可不大对。画眉的历史可要比京剧长得多，宋徽宗就画过画眉。

"养鸟有什么好处呢？"我问。

"嗐，遛人！"七十八岁的老厨师说，"没有个鸟，有时早上一醒，觉得还困，就懒得起了；有个鸟，多困也得起！"

"这是个乐儿！"一个还不到五十岁的扁平脸、双眼皮很深、络腮胡子的工人——他穿着厂里的工作服，说。

"是个乐儿！钓鱼的、游泳的，都是个乐儿！"说话的是退休银行职员。

"一个画眉，不就是叫吗？怎么会有那么大的差别？"

一个戴白边眼镜的穿着没有领子的酱色衬衫的中等个子老头儿，他老给他的四只画眉洗澡——把鸟笼放在浅水里让画眉抖擞毛羽，说："叫跟叫不一样！跟唱戏一样，有的嗓子宽，有的窄，有的有膛音，有的干冲！不但要声音，还得要'样'，得有'做派'，有神气。您瞧我这只画眉，叫得多好！像谁？"

像谁？

“像马连良！”

像马连良？！我细瞧一下，还真有点像！它周身干净利索，挺拔精神，叫的时候略偏一点身子，还微微摇动脑袋。

“潇洒！”

我只得承认：潇洒！

不过我立刻不免替京剧演员感到一点悲哀，原来在这些人的心目中，对一个演员的品鉴，就跟对一只画眉一样。

“一只画眉，能叫多少年？”

勤行老师傅说：“十来年没问题！”

老包说：“也就是七八年。就跟唱京剧一样：李万春现在也只能看一招一式，高盛麟也不似当年了。”

他说起有一年听《四郎探母》，甭说四郎、公主，佘太君是李多奎，那嗓子，冲！他慨叹说：“那样的好角儿，现在没有了！现在的京剧没有人看，——看的人少，那是啊，没有那么多好角儿了嘛！你再有杨小楼，再有梅兰芳，再有金少山，试试！照样满！两块四？四块八也有人看！——我就看！卖了画眉也看！”

他说出了京剧不景气的原因：老成凋谢，后继无人。这与一部分戏曲理论家的意见不谋而合。

戴白边眼镜的中等个老头儿不以为然："不行！王师傅的鸟值二百（哦，原来老人姓王），可是你叫个外行来听听：听不出好来！就是梅兰芳、杨小楼再活回来，你叫那边那几个念洋话的学生来听听，他也听不出好来。不懂！现而今这年轻人不懂的事太多。他们不懂京剧，那戏园子的座儿就能好了哇？"

好几个人附和："那是！那是！"

他们以为京剧的危机是不懂京剧的学生造成的。如果现在的学生都像老舍所写的赵子曰，或者都像老包，像这些懂京剧的遛鸟的人，京剧就得救了。这跟一些戏剧理论家的意见也很相似。

然而京剧的老观众，比如这些遛鸟的人，都已经老了，他们大部分已经退休。他们跟我闲聊中最常问的一句话是："退了没有？"那么，京剧的新观众在哪里呢？

哦，在那里：就是那些念屠格涅夫、念莎士比亚的学生。

也没准儿将来改造京剧的也是他们。

谁知道呢！

七十书怀

六十岁生日，我曾经写过一首诗：

冻云欲湿上元灯，
漠漠春阴柳未青。
行过玉渊潭畔路，
去年残叶太分明。

这不是“自寿”，也没有“书怀”，“即事”而已。六十岁生日那天一早，我按惯例到所居近处的玉渊潭遛了一个弯，所写是即日所见。为什么提到上元灯？因为我的生日是旧历的正月十五。据说我是日落酉时诞生，那么正是要“上灯”的时候。沾了元宵节的光，我的生日总不会忘记。但是小时不做生日，到了那天，我总是鼓捣一个很大的、下面安四个轱辘的兔子灯，晚上牵了自制的兔子灯，里面插了蜡烛，在家里厅堂过道里到处跑，有时还要牵到相熟的店铺中去串门。我没有“今天是我的生日”的意识，只是觉得过“灯节”（我们那里把元宵节叫作“灯节”）很好玩。十九岁离乡，四方漂泊，过什么生日！后来在北京安家，孩子也大了，家里人对我的生日渐渐重视起来，到了那天，总得“表示”一下。尤其是我的孙女和外孙女，她们对我的生日比别人更为热心，因为那天可以吃蛋糕。六十岁是个整寿，但我觉得无所谓。诗的后两句似乎有些感慨，因为这时“文化大革命”过去不久，容易触景生情，但是究竟有什么感慨，也说不清。那天是阴天，好像要下雪，天气其实是很舒服的，诗的前两句隐隐约约有一点喜悦。总之，并不衰瑟，更没有过一年少一年这样的颓唐的心情。

一晃，十年过去了，我七十岁了。七十岁生日那天写了一首《七十书怀出律不改》：

悠悠七十犹耽酒，
唯觉登山步履迟。

不要着急

书画萧萧余宿墨，
文章淡淡忆儿时。
也写书评也作序，
不开风气不为师。
假我十年闲粥饭，
未知留得几囊诗。

这需要加一点注解。

中国人的平均寿命比以前增高多了。我记得小时候看家里大人和亲戚，过了五十，就是“老太爷”了。我祖父六十岁生日，已经被称为“老寿星”。“人生七十古来稀”，现在七十岁不算稀奇了。不过七十总是个“坎儿”。不知从什么时候起，别人对我的称呼从“老汪”改成了“汪老”。我并无老大之感。但从去年下半年，我一想我再没有六十几了，不免有一点紧张。我并不太怕死，但是进入七十，总觉得去日苦多，是无可奈何的事。所幸者，身体还好。去年年底，还上了一趟武夷山。武夷山是低山，但总是山。我一度心肌缺氧，一般不登山。这次到了武夷绝顶仙游，没有感到心脏有负担。看来我的身体比前几年还要好一些，再工作几年，问题不大。当然，上山比年轻人要慢一些。因此，去年下半年偶尔会有的紧张感消失了。

我的写字画画本是遣兴自娱而已，偶尔送一两件给熟朋友。后来求字求画者渐多。大概求索者以为这是作家的字画，不同于书家画家之作，悬之室中，别有情趣耳，其实，都是不足观的。我写字画画，不暇研墨，只用墨汁。写完画完，也不洗砚盘色碟，连笔也不涮。下次再写、再画，加一点墨汁。“宿墨”是纪实。今年（一九九〇）一月十五日，画水仙金鱼，题了两句诗：

宜入新春未是春，
残笺宿墨隔年人。

这幅画的调子是灰的，一望而知用的是宿墨。用宿墨，只是懒，并非追求一种风格。

有一个文学批评用语我始终不懂是什么意思，叫作“淡化”。淡化主题、淡化人物、淡化情节，当然，最终是淡化政治。“淡化”总是不好的。我是被有些人划入淡化一类了的。我所不懂的是：淡化，是本来是浓的，不淡的，或应该是不淡的，硬把它化得淡了。我的作品确实是比较淡的，但它本来就是那样，并没有经过一个“化”的过程。我想了想，说我淡化，无非是说没有写重大题材，没有写性格复杂的英雄人物，没有写强烈的、富于戏剧性的矛盾冲突。但这是我的生活经历，我的文化素养，我的气质所决定的。我没有经历过太多的波澜壮阔的生活，没有见过叱咤风云的人物，你叫我怎么写？我写作，强调真实，大都有过亲身感受，我不能靠材料写作。我只能写我所熟悉的平平常常的人和事，或者如姜白石所说“世间小儿女”。我只能用平平常常的思想感情去了解他们，用平平常常的方法表现他们。这结果就是淡。但是“你不能改变我”，我就是这样，谁也不能下命令叫我照另外一种样子去写。我想照你说的那样去写，也办不到。除非把我回一次炉，重新生活一次。我已经七十岁了，回炉怕是很难。前年《三月风》杂志发表我一篇随笔，请丁聪同志画了我一幅漫画头像，编辑部要我自己题几句话，题了四句诗：

近事模糊远事真，
双眸犹幸未全昏。
衰年变法谈何易，
唱罢莲花又一春。

《绣襦记》中《教歌》两个叫花子唱的“莲花落”有句“一年春尽又是一年春”，我很喜欢这句唱词。七十岁了，只能一年又一年，唱几句莲花落。

《七十书怀出律不改》，“出律”指诗的第五、六两句失粘，并因此影响最后两句平仄也颠倒了。我写的律诗往往有这种情况，五、六两句失粘。为什么不改？因为这是我要说的主要两句话，特别是第六句，所书之怀，也仅此耳。改了，原意即不妥帖。

我是赞成作家写评论的，也爱看作家所写的评论。说实在的，我觉得评论家所写的评论实在有点让人受不了。结果是作法自毙。写评论的差事有时会落到我的头上。我认为评论家最让人受不了的，是他们总是那样自信。他们像我写的小说《鸡鸭名家》里的陆长庚一样，一眼就看出这只鸭是几斤几两，这个作家该打几分。我觉得写评论是非常冒险的事：你就能看得那样准？我没有这样的自信。人到一定岁数，就有为人写序的义务。我近年写了一些序。去年年底就写了三篇，真成了写序专家。写序也很难，主要是分寸不好掌握，深了不是，浅了不是。像周作人写序那样，不着边际，是个办法。但是，一、我没有那样大的学问；二、丝毫不涉及所序的作品，似乎有欠诚恳。

因此，临笔踌躇，煞费脑筋。好像是法朗士说过：“关于莎士比亚，我所说的只是我自己。”写书评、写序，实际上是写写书评、写序的人自己。借题发挥，拿别人来“说事”，当然不太好，但是书评和序里总会流露出本人的观点，本人的文学主张。我不太希望我的观点、主张被了解，愿意和任何人保持一定的距离；但是自设屏障，拒人千里，把自己藏起来，完全不让人了解，似也不必。因此，“也写书评也作序”。

“不开风气不为师”，是从龚定庵的诗里套出来的。龚定庵的原句是：“但开风气不为师。”龚定庵的诗貌似谦虚，实很狂傲。——龚定庵是谦虚的人吗？但是龚定庵是有资格说这个话的。他确实是个“开风气”的。他的带有浓烈的民主色彩的个性解放思想撼动了一代人，他的宗法公羊家的奇崛矫矢的文体对于当时和后代都产生了很大的影响。他的思想不成体系，不立门户，说是“不为师”倒也是对的。近四五年，有人说我是这个那个流派的始作俑者，这很出乎我的意料。我从来没有想到提倡什么，我绝无“来吾导乎先路也”的气魄，我只是“悄没声地”自己写一点东西而已。有一些青年作家受了我的影响，甚至有人有意地学我，这情况我是知道的。我要诚恳地对这些青年作家说：不要这样。第一，不要“学”任何人。

第二，不要学我。我希望青年作家在起步的时候写得新一点，怪一点，朦胧一点，荒诞一点，狂妄一点，不要过早地归于平淡。三四十岁就写得很淡，那到我这样的年龄，怕就什么也没有了。这个意思，我在几篇序文中都说到，是真话。

看相的说我能活九十岁，那太长了！不过我没有严重的器质性的病，再对付十年，大概还行。我不愿当什么“离休干部”，活着，就还得做一点事。我希望再出一本散文集，一本短篇小说集，把《聊斋新义》写完，如有可能，把酝酿已久的长篇历史小说《汉武帝》写出来。这样，就差不多了。

七十书怀，如此而已。

本命年和岁交春

今年是猴年，我属猴，是我的本命年。北方把本命年很当一回事，以为是个“坎儿”，这一年要系一条红裤腰带。南方似无此说道。全国属猴的约占十二分之一。即使这一年对属猴的都不利，那么倒霉的也只是十二分之一的人口，小意思！

今年又是“岁交春”，大年初一立春。语云：“千年难得龙华会，万年难得岁交春。”难得的。据说岁交春大吉大利，这一年会风调雨顺，国泰民安。

假如猴年对我不利，而岁交春则非常吉利，那么，至少可以两抵。

北方人，尤其是北京人，很重视立春，那天要吃春饼。生葱、嫩韭、炒豆芽、炒菠菜、炒鸡蛋，与清酱肉、腊鸭，卷于薄面饼中食之。很好吃。管他吉利不吉利，今年初一，我下定决心：吃一次春饼！

旧病杂忆

对口

那年我还小，记不清是几岁了。我母亲故去后，父亲晚上带着我睡。我觉得脖子后面不舒服。父亲拿灯照照，肿了，有一个小红点。半夜又照照，有一个小桃子大了。天亮再照照，有一个莲子盅大了。父亲说：坏了，是对口！

“对口”是长在第三节颈椎处的恶疮，因为正对着嘴，故名“对口”，又叫“砍头疮”。过去刑人，下刀处正在这个地方。——杀头不是乱砍的，用刀在第三颈节处使巧劲一推，脑袋就下来了，“身首异处”。“对口”很厉害，弄不好会把脖子烂通。——那成什么样子！

父亲拉着我去看张冶青。张冶青是我父亲的朋友，是西医外科医生，但是他平常极少为人治病，在家闲居。他叫我趴在茶几上，看了看，哆里哆嗦地找出一包手术刀，挑了一把，在酒精灯上烧了烧。这位张先生，连麻药都没有！我父亲在我嘴里塞了一颗蜜枣，我还没有一点准备，只听得“呼”的一声，张先生已经把我的对口豁开了。他怎么挤脓挤血，我都没看见，因为我趴着。他拿出一卷绷带，搓成条，蘸上药，——好像主要就是凡士林，用一个镊子一截一截塞进我的刀口，好长一段！这是我看见的。我没有觉得疼，因为这个对口已经熟透了，只觉得往里塞绷带时怪痒痒。都塞进去了，发胀。

我的蜜枣已经吃完了，父亲又塞给我一颗，回家！

张先生嘱咐第二天去换药。把绷带条抽出来，再用新的蘸了药的绷带条塞进去。换了三四次。我注意塞进去的绷带条越来越短了。不几天，就收口了。

张先生对我父亲说：“令郎真行，哼都不哼一声！”干吗要哼呢？我没觉得怎么疼。

以后，我这一辈在遇到生理上或心理上的病痛时，我都很少哼哼。难免要哼，但不是死去活来，弄得别人手足无措，惶惶不安。

至今我的后颈还落下了个疤瘌。

衔了一颗蜜枣，就接受手术，这样的人大概也不多。

疟疾

我每年要发一次疟疾，从小学到高中，一年不落，而且有准季节。每年桃子一上市的时候，就快来了，等着吧。

有青年作家问爱伦堡：头疼是什么感觉？他想在小说里写一个人头疼。爱伦堡说：这么说你从来没有头疼过，那你真是幸福！头疼的感觉是没法说的。中国（尤其是北方）很多人是没有得过疟疾的。如果有一位青年作家叫我介绍一下疟疾的感觉，我也没有办法。起先是发冷，来了！大老爷升堂了！——我们那里把疟疾开始发作，叫作“大老爷升堂”，不知是何道理。赶紧钻被窝。冷！盖了两床厚棉被还是冷，冷得牙齿“嘚嘚”地响。冷过了，发热，浑身发烫。而且，剧烈地头疼。有一首散曲咏疟疾：“冷时节似冰凌上坐，热时节似蒸笼里卧，疼时节疼得天灵破，天呀天，似这等寒来暑往人难过！”反正，这滋味不大好受。好了！出汗了！大汗淋漓，内衣湿透，遍体轻松，疟疾过去了，“大老爷退堂”。擦擦额头的汗，饿了！坐起来，粥已经煮好了，就一碟甜酱小黄瓜，喝粥。香啊！

杜牧诗云："忍过事则喜。"对于疟疾也只有忍之一法。挺挺，就过来了，也吃几剂汤药（加减小柴胡汤之类），不管事。发了三次之后，都还是吃"蓝印金鸡纳霜"（即奎宁片）解决问题。我父亲说我是阴虚，有一年让我吃了好些海参。每天吃海参，真不错！不过还是没有断根。一直到一九三九年，生了一场恶性疟疾，我身体内部的"古老又古老的疟原虫"才跟我彻底告别。

恶性疟疾是在越南得的。我从上海坐船经香港到河内，乘滇越铁路火车到昆明去考大学。到昆明寄住在同济中学的学生宿舍里，通过一个间接的旧日同学的关系。住了没有几天，病倒了。同济中学的那个学生把我弄到他们的校医室，验了血，校医说我血里有好几种病菌，包括伤寒病菌什么的，叫赶快送医院。

到医院，护士给我量了量体温，体温超过四十度。护士二话不说，先给我打了一针强心针。我问："要不要写遗书？"

护士嫣然一笑："怕你烧得太厉害，人受不住！"

抽血，化验。

医生看了化验结果，说有多种病菌潜伏，但是主要问题是恶性疟疾。开了注射药针。过了一会儿，护士拿了注射针剂来。我问：是什么针？

"606。"

我赶紧声明，我生的不是梅毒，我从来没有……

"这是治疗恶性疟疾的特效药。奎宁、阿托品，对你已经不起作用。"

606和疟原虫、伤寒菌，还有别的不知什么菌，在我的血管里混战一场。最后是606胜利了。病退了，但是人很"吃亏"，医生规定只能吃藕粉。藕粉这东西怎么能算是"饭"呢？我对医院里的藕粉印象极不佳，并从此在家里也不吃藕粉。后来可以喝蛋花汤。蛋花汤也不能算饭呀！

我要求出院，医生不准。我急了，说：我到昆明是来考大学的，明天就是考期，不让我出院，那怎么行！

医生同意了。

喝了一肚子蛋花汤，晕晕乎乎地进了考场。天可怜见，居然考取了！

自打生了一次恶性疟疾，我的疟疾就除了根，半个多世纪以来，没有复发过。也怪。

牙疼

我从大学时期，牙就不好。一来是营养不良，饥一顿，饱一顿；二来是不讲口腔卫生。有时买不起牙膏，常用食盐、烟灰胡乱地刷牙。又抽烟，又喝酒。于是牙齿龋蛀，时常发炎，——牙疼。牙疼不很好受，但不至于像契诃夫小说《马姓》里的老爷一样疼得吱哇乱叫。“牙疼不是病，疼起来要人命”，不见得。我对牙疼泰然置之，而且有点幸灾乐祸地想：我倒看你疼出一朵什么花来！我不会疼得“五心烦躁”，该咋着还咋着。照样活动。腮帮子肿得老高，还能谈笑风生，语惊一座。牙疼于我何有哉！

不过老疼，也不是个事。有一只槽牙，已经活动，每次牙疼，它是祸始。我于是决心拔掉它。昆明有一个修女，又是牙医，据说治牙很好，又收费甚低，我于是攒借了一点钱，想去找这位修女。她在一个小教堂的侧门之内“悬壶”。不想到了那里，侧门紧闭，门上贴了一个字条：修女因事离开昆明，休诊半个月。我当时这个高兴呀！王子猷雪夜访戴，乘兴而去，兴尽而归，何必见戴！我拿了这笔钱，到了小西门马家牛肉馆，要了一盘冷拼，四两酒，美美地吃了一顿。

不要着急

昆明七年，我没有治过一次牙。

在上海教书的时候，我听从一个老同学母亲的劝告，到她熟识的私人开业的牙医处让他看看我的牙。这位牙科医生，听他的姓就知道是广东人，姓麦。他拔掉我的早已糟朽不堪的槽牙。他的“手艺”（我一直认为治牙镶牙是一门手艺）如何，我不知道，但是我对他很有好感，因为他的候诊室里有一本 A.纪德的《地粮》。牙科医生而读纪德，此人不俗！

到了北京，参加剧团，我的牙越发地不行，有几颗跟我陆续辞行了。有人劝我去装一副假牙，否则尚可效力的牙齿会向空缺的地方发展。通过一位名琴师的介绍，我去找了一位牙医。此人是京剧票友，唱大花脸。他曾为马连良做过一枚内外纯金的金牙。他拔掉我的两颗一提溜就下来的病牙，给我做了一副假牙，说：“你这样就可以吃饭了，可以说话了。”我还是应该感谢这位票友牙医，这副假牙让我能吃爆肚，虽然我觉得他颇有江湖气，不像上海的麦医生那样有书卷气。

“文化大革命”中，我正要出剧团的大门，大门“哐”的一声被踢开，正摔在我的脸上。我当时觉得嘴里乱七八糟！吐出来一看，我的上下四颗门牙都被震下来了，假牙也断成了两截。踢门的是一个翻跟头的武戏演员，没有文化。就是他，有一天到剧团来大声嚷嚷："同志们！告诉你们一个好消息，往后吃油饼便宜了！"——"怎么啦？"——"大庆油田出油了！"这人一向是个冒失鬼。剧团的大门是可以里外两面开的玻璃门，玻璃上糊了一层报纸，他看不见里面有人出来。这小子不推门，一脚踹开了。他直道歉："对不起！对不起！"我说："没事儿！没事儿！你走吧！"对这么个人，我能说什么呢？他又不是有心。掉了四颗门牙，竟没有流一滴血，可见这四颗牙已经衰老到什么程度，掉了就掉了吧。假牙左边半截已经没有用处，右边的还能凑合一阵。我就把这半截假牙单摆浮搁地安在牙床上，既没有钩子，也没有套子，嗨，还真能嚼东西。当然也有不方便处：一、不能吃脆萝卜（我最爱吃萝卜），二、不能吹笛子了（我的笛子原来是吹得不错的）。

这样对付了好几年。直到一九八五年我随中国作家代表团访问香港前，我才下决心另装一副假牙。有人跟我说："瞧你那嘴牙，七零八落，简直有伤国体！"

我找到一个小医院，建筑工人医院。医院的一个牙医师小宋是我的读者，可以不用挂号、排队，进门就看。小宋给我检查了一下，又请主任医师来看看。这位主任用镊子依次掰了一下我的牙，说：“都得拔了。全部‘二度动摇’。做一副满口。这么凑合，不行。做一副，过两天，又掉了，又得重做，多麻烦！”我说：“行！不过再有一个月，我就要到香港去，拔牙、安牙，来得及吗？”——“来得及。”主任去准备麻药，小宋悄悄跟我说：“我们主任，是在日本学的。她的劲儿特别大，出名的手狠。”我的硕果仅存的十一颗牙，一个星期，分三次，全部拔光。我于拔牙，可谓曾经沧海，不在乎。不过拔牙后还得修理牙床骨，——因为牙掉的先后不同，早掉的牙床骨已经长了突起的骨质小骨朵，得削平了。这位主任真是大刀阔斧，不多一会儿，就把我的牙骨铲平了。小宋带我到隔壁找做牙的技师小马，当时就咬了牙印。

一般拔牙后要经一个月，等伤口长好才能装假牙。但有急需，也可以马上就做，这有个专用名词，叫作“即刻”。

“即刻”本是权宜之计，小马让我从香港回来再去做一副。我从香港回来，找了小马，小马把我的假牙看了看，问我：“有什么不舒服吗？”——“没有。”——“那就不用再做了，你这副很好。”

我从拔牙到装上假牙，一共才用了两个星期，而且一次成功，少有。这副假牙我一直用到现在。

常见很多人安假牙老不合适，不断修理，一再重做，最后甚至就不再戴。我想，也许是因为假牙做得不好，但是也由于本人不能适应，稍不舒服，即觉得别扭。要能适应。假牙嘛，哪能一下就合适，开头总会格格不入的。慢慢地，等牙床和假牙已经严丝合缝，浑然一体，就好了。

凡事都是这样，要能适应、习惯、凑合。

自得其乐

孙犁同志说写作是他的最好的休息。是这样。一个人在写作的时候是最充实的时候，也是最快乐的时候。凝眸既久（我在构思一篇作品时，我的孩子都说我在翻白眼），欣然命笔，人在一种甜美的兴奋和平时没有的敏锐之中，这样的时候，真是虽南面王不与易也。写成之后，觉得不错，提刀却立，四顾踌躇，对自己说："你小子还真有两下子！"此乐非局外人所能想象。但是一个人不能从早写到晚，那样就成了一架写作机器，总得岔乎岔乎，找点事情消遣消遣，通常说，得有点业余爱好。

我年轻时爱唱戏。起初唱青衣，梅派；后来改唱余派老生。大学三、四年级唱了一阵昆曲，吹了一阵笛子。后来到剧团工作，就不再唱戏吹笛子了，因为剧团有许多专业名角，在他们面前吹唱，真成了班门弄斧，还是以藏拙为好。笛子本来还可以吹吹，我的笛风甚好，是“满口笛”，但是后来没法再吹，因为我的牙齿陆续掉光了，撒风漏气。

这些年来我的业余爱好，只有：写写字、画画画、做做菜。

我的字照说是有些基本功的。当然从描红模子开始。我记得我描的红模子是：“暮春三月，江南草长，杂花生树，群莺乱飞。”这十六个字其实是很难写的，也许是写红模子的先生故意用这些结体复杂的字来折磨小孩子，而且红模子底子是欧字，这就更难落笔了。不过这也有好处，可以让孩子略窥笔意，知道字是不可以乱写的。大概在我十一二岁的时候，那年暑假，我的祖父忽然高了兴，要亲自教我《论语》，并日课大字一张，小字二十行。大字写《圭峰碑》，小字写《闲邪公家传》，这两本帖都是祖父从他的藏帖中选出来的。祖父认为我的字有点才分，奖了我一块猪肝紫端砚，是圆的，并且拿了几本初拓的字帖给我，让我常看看。我记得有小字《麻姑仙坛》、虞世南的《夫子庙堂碑》、褚遂良的《圣教序》。小学毕业的暑假，我在三姑父家从一个姓韦的先生读桐城派古文，并跟他学写字。韦先生是写魏碑的，但他让我临的却是《多宝塔》。初一暑假，我父亲拿了一本影印的《张猛龙碑》，说：“你最好写写魏碑，这样字才有骨力。”我于是写了相当长时期《张猛龙碑》。用的是我父亲选购来的特殊的纸。这种纸是用稻草做的，纸质较粗，也厚，写魏碑很合适，用笔须沉着，不能浮滑。这种纸一张有二尺高，尺半宽，我每天写满一张。写《张猛龙》使我终身受益，到现在我的字的间架用笔还能看出痕迹。这以后，我没有认真临过帖，平常只是读帖而已。我于二王书未窥门径。写过一个很短时期的《乐毅论》，放下了，因为我很懒。《行穰》《丧乱》等帖我很欣赏，但我知道我写不来那样的字。我觉得王大令的字的确比王右军写得好。读颜真卿的《祭侄文》，觉得这才是真正的颜字，并且对颜书从二王来之说很信服。大学时，喜读宋四家。有人说中国书法一坏于颜真卿，二坏于宋四家，这话有道理。但我觉得宋人字是书法的一次解放，宋人字的特点是少拘束，有个性，我比较喜欢蔡京和米芾的字（苏东坡字太俗，黄山谷字做作）。有人说米字不可多看，多看则终身摆脱不开，想要升入晋唐，就不可能了。一点不错。但是有什么办法呢！打一个不太好听的比方，一写米字，犹如寡妇失了身，无法挽回了。我现在写的字有点《张猛龙》的底子、米字的意思，还加上一点乱七八糟的影响，形成我自己的那么一种体，格韵不高。

我也爱看汉碑。临过一遍《张迁碑》,《石门铭》《西狭颂》看看而已。我不喜欢《曹全碑》。盖汉碑好处全在筋骨开张,意态从容,《曹全碑》则过于整饬了。

我平日写字,多是小条幅,四尺宣纸一裁为四。这样把书桌上书籍信函往边上推推,摊开纸就能写了。正儿八经地拉开案子,铺了画毡,着意写字,好像练了一趟气功,是很累人的。我都是写行书。写真书,太吃力了。偶尔也写对联。曾在大理写了一副对子:

苍山负雪

洱海流云

字大径尺。字少,只能体兼隶篆。那天喝了一点酒,字写得飞扬霸悍,亦是快事。对联字稍多,则可写行书。为武夷山一招待所写过一副对子:

四围山色临窗秀

一夜溪声入梦清

字颇清秀，似明朝人书。

我画画，没有真正的师承。我父亲是个画家，画写意花卉，我小时爱看他画画，看他怎样布局（用指甲或笔杆的一头划几道印子），画花头，定枝梗，布叶，勾筋，收拾，题款，盖印。这样，我对用墨、用水、用色，略有领会。我从小学到初中，都“以画名”。初二的时候，画了一幅墨荷，裱出后挂在成绩展览室里。这大概是我的画第一次上裱。我读的高中重数理化，功课很紧，就不再画画。大学四年，也极少画画。工作之后，更是久废画笔了。当了右派，下放到一个农业科学研究所，结束劳动后，倒画了不少画，主要的“作品”是两套植物图谱，一套《中国马铃薯图谱》、一套《口蘑图谱》，一是淡水彩，一是钢笔画。摘了帽子回京，到剧团写剧本，没有人知道我能画两笔。重拈画笔，是运动促成的。运动中没完没了地写交代，实在是烦人，于是买了一刀元书纸，于写交代之空隙，瞎抹一气，少抒郁闷，这样就一发而不可收，重新拾起旧营生。有的朋友看见，要了去，挂在屋里，被人发现了，于是求画的人渐多。我的画其实没有什么看头，只是因为是作家的画，比较别致而已。

我也是画花卉的。我很喜欢徐青藤、陈白阳，喜欢李复堂，但受他们的影响不大。我的画不中不西，不今不古，真正是“写意”，带有很大的随意性。曾画了一幅紫藤，满纸淋漓，水汽很足，几乎不辨花形。这幅画现在挂在我的家里。我的一个同乡来，问：“这画画的是什么？”我说是：“骤雨初晴。”他端详了一会儿，说：“哎，经你一说，是有点那个意思！”他还能看出彩墨之间的一些小块空白，是阳光。我常把后期印象派方法融入国画。我觉得中国画本来都是印象派，只是我这样做，更是有意识的而已。

画中国画还有一种乐趣，是可以在画上题诗，可寄一时意兴，抒感慨，也可以发一点牢骚。曾用干笔焦墨在浙江皮纸上画冬日菊花，题诗代简，寄给一个老朋友，诗是：

新沏清茶饭后烟，
自搔短发负晴暄。
枝头残菊开还好，
留得秋光过小年。

为宗璞画牡丹，只占纸的一角，题曰：

人间存一角，
聊放侧枝花。
欣然亦自得，
不共赤城霞。

宗璞把这首诗念给冯友兰先生听了，冯先生说：“诗中有人。”

今年洛阳春寒，牡丹至期不开。张抗抗在洛阳等了几天，败兴而归，写了一篇散文《牡丹的拒绝》。我给她画了一幅画，红叶绿花，并题一诗：

看朱成碧且由他，
大道从来直似斜。
见说洛阳春索寞，
牡丹拒绝著繁花。

我的画，遣兴而已，只能自己玩玩，送人是不够格的。最近请人刻一闲章：“只可自怡悦”，用以押角，是实在话。

体力充沛，材料凑手，做几个菜，是很有意思的。做菜，必须自己去买菜。提一菜筐，逛逛菜市，比空着手遛弯儿要“好白相”。到一个新地方，我不爱逛百货商场，却爱逛菜市，菜市更有生活气息一些。买菜的过程，也是构思的过程。想炒一盘雪里蕻冬笋，菜市场冬笋卖完了，却有新到的荷兰豌豆，只好临时“改戏”。做菜，也是一种轻量的运动。洗菜，切菜，炒菜，都得站着（没有人坐着炒菜的），这样对成天伏案的人，可以改换一下身体的姿势，是有好处的。

做菜待客，须看对象。聂华苓和保罗·安格尔夫妇到北京来，中国作协不知是哪一位，忽发奇想，在宴请几次后，让我在家里做几个菜招待他们，说是这样别致一点。我给做了几道菜，其中有一道煮干丝。这是淮扬菜。华苓是湖北人，年轻时是吃过的，但在美国不易吃到。她吃得非常惬意，连最后剩的一点汤都端起碗来喝掉了。不是这道菜如何稀罕，我只是有意逗引她的故国乡情耳。台湾女作家陈怡真（我在美国认识她），到北京来，指名要我给她做一回饭。我给她做了几个菜。一个是干烧小萝卜。我知道台湾没有“杨花萝卜”（只有白萝卜）。那几天正是北京小萝卜长得最足最嫩的时候。这个菜连我自己吃了都很惊诧：味道鲜甜如此！我还给她炒了一盘云南的干巴菌。台湾咋会有干巴菌呢？她吃了，还剩下一点，用一个塑料袋包起，说带到宾馆去吃。如果我给云南人炒一盘干巴菌，给扬州人煮一碗干丝，那就成了鲁迅请曹靖华吃柿霜糖了。

做菜要实践，要多吃，多问，多看（看菜谱），多做。一个菜点得试烧几回，才能掌握咸淡火候。冰糖肘子、乳腐肉，何时炬软入味，只有神而明之，但是更重要的是要富于想象。想得到，才能做得出。我曾用家乡拌荠菜法凉拌菠菜。半大菠菜（太老太嫩都不行），入开水锅焯至断生，捞出，去根切碎，入少盐，挤去汁，与香干（北京无香干，以熏干代）细丁、虾米、蒜末、姜末一起，在盘中抟成宝塔状，上桌后淋以麻油酱醋，推倒拌匀。有余姚作家尝后，说是“很像马兰头”。这道菜成了我家待不速之客的应急的保留节目。有一道菜，敢称是我的发明：塞肉回锅油条。油条切段，寸半许长，肉馅剁至成泥，入细葱花、少量榨菜或酱瓜末拌匀，塞入油条段中，入半开油锅重炸。嚼之酥碎，真可声动十里人。

我很欣赏《杨恽报孙会宗书》：“田彼南山，芜秽不治。种一顷豆，落而为萁。人生行乐耳，须富贵何时。”“人生行乐耳，须富贵何时”，说得何等潇洒。不知道为什么，汉宣帝竟因此把他腰斩了，我一直想不透。这样的话，也不许说么？

我和民间文学

前年在兰州听一位青年诗人告诉我，他有一次去参加花儿会，和婆媳二人同坐在一条船上。这婆媳二人一路交谈，她们说的话没有一句不是押韵的！这媳妇走进一个奶奶庙去求子。她跪下来祷告。那祷告词是：

今年来了，我是跟您要着哩，
明年来了，我是手里抱着哩，
咯咯嘎嘎地笑着哩！

这使得青年诗人大为惊奇了。我听了，也大为惊奇。这样的祷词是我听到过的最美的祷词。群众的创造才能真是不可想象！生活中的语言精美如此，这就难怪西北几省的“花儿”

押韵押得那样巧妙了。

去年在湖南桑植听(看)了一些民歌。有一首土家族情歌:

姐的帕子白又白,
你给小郎分一截。
小郎拿到走夜路,
如同天上娥眉月。

我认为这是我看到的一本民歌集的压卷之作。不知道为什么,我立刻想起王昌龄的《长信宫词》:“玉容不及寒鸦色,犹带昭阳日影来。”二者所写的感情完全不同,但是设想的奇特有其相通处。帕子和月光,妙在似与不似之间。民歌里有一些是很空灵的,并不都是质实的。一个作家读一点民间文学有什么好处?我以为首先是涵泳其中,从群众那里吸取甘美的诗的乳汁,取得美感经验,接受民族的审美教育。

我曾经编过大约四年《民间文学》,后来写了短篇小说。要问我从民间文学里得到什么具体的益处,这不好回答。这不能像《阿诗玛》里所说的那样:吃饭,饭进到肉里;喝水,水进了血里。要指出我的哪篇小说受了哪几篇民间文学的影响，是不可能的。不过有两点可以说一说。一是语言的朴素、简洁和明快。民歌和民间故事的语言没有含糊费解的。我的语言当然是书面语言，但包含一定的口头性。如果说我的语言还有一点口语的神情，跟我读过上万篇民间文学作品是有关系的。其次是结构上的平易自然，在叙述方法上致力于内在的节奏感。民间故事和叙事诗较少描写。偶尔也有，便极精彩。如孙剑冰同志所记内蒙故事中的“鱼哭了，流出长长的眼泪”。一般的故事和民间叙事诗多侧重于叙述。但是叙述的节奏感很强。“三度重叠”便是民间文学的一种常见的美学法则。重叙述，轻描写，已经成为现代小说的一个显著特点。在这一点上，小说需要向民间文学学习的地方很多。

我认为，一个作家要想使自己的作品具有鲜明的民族风格、民族特点，离开学习民间文学是绝对不行的。

我的话说得很直率，但确是由衷之言，肺腑之言。

《逝水》自序·我的世界

外面的世界很精彩，我的世界很平常。

我的家乡是一个水乡，到处是河。可是我既不会游泳，也不会使船，走在乡下的架得很高的狭窄的木桥上，心里都很害怕。于此可见，我是个没出息的人。高邮湖就在城西，抬脚就到，可是我竟然没有在湖上泛过一次舟，我不大爱动。华南人把到外面创一番事业，叫作“闯世界”，我不是个闯世界的人。我不能设计自己的命运，只能由着命运摆布。

从出生到初中毕业，我是在本城度过的。这一段生活已经写在《逝水》里。除了家、学校，我最熟悉的是由科甲巷至新巷口的一条叫作“东大街”的街。我熟悉沿街的店铺、作坊、摊子。到现在我还能清清楚楚地描绘出这些店铺、作坊、摊子的样子。我每天要去玩一会儿的地方是我祖父所开的“保全堂”药店。我认识不少药，会搓蜜丸，摊膏药。我熟悉中药的气味，熟悉由前面店堂到后面堆放草药的栈房之间的腰门上的一副蓝漆字对联：“春暖带云锄芍药，秋高和露种芙蓉。”我熟悉大小店铺的老板、店伙、工匠。我熟悉这些属于市民阶层的各色人物的待人接物，言谈话语，他们身上的美德和俗气。这些不仅影响了我的为人，也影响了我的文风。

我的高中一二年级是在江阴读的，南菁中学。江阴是一个江边的城市，每天江里涨潮，城里的河水也随之上涨。潮退，河水又归平静。行过虹桥，看河水涨落，有一种无端的伤感。难忘伞墩看梅花遇雨，携手泥涂；君山偶遇，遂成离别。几年前我曾往江阴寻梦，缘悭未值。我这辈子大概不会有机会再到江阴了。

高三时江阴失陷了，我在淮安、盐城辗转“借读”。来去匆匆，未留只字。

我在昆明住过七年，一九三九年至一九四六年。前四年在西南联大。初到昆明时，身上还有一点带去的钱，可以吃馆子，骑马到黑龙潭、金殿。后来就穷得叮当响了，真是“囚首垢面，而读诗书”。后三年在中学教书，在黄土坡观音寺、白马庙都住过。

一九四六年夏至一九四七年冬，在上海，教中学。上海无风景，法国公园、兆丰公园都只有一点点大。

一九四八年我在午门历史博物馆工作，我住的地方很特别，在右掖门下，据说原是锦衣卫值宿的所在。

一九四九年三月，参加四野南下工作团。五月，至汉口，在硚口二女中任副教导主任。

一九五〇年夏，回北京。在东单三条、河泊厂都住过一阵。

一九五八年被打成右派，下放张家口沙岭子农业科学研究所劳动。我和农业工人——也就是农民在一起生活了四年，对农村、农民有了比较切近的认识。

一九六一年底回北京后住甘家口。不远就是玉渊潭，我几乎每天要围着玉渊潭散步，和菜农、遛鸟的人闲聊，得到不少知识。

我在一个京剧院当了十几年编剧。认识了一些名角，也认识了一些值得同情但也很可笑的小人物，增加了我对“人生”的一分理解。

我到过不少地方，到过西藏、新疆、内蒙古、湖南、江西、四川、广东、福建，登过泰山，在武夷山和永嘉的楠溪江上坐过竹筏……但我于这些地方都只是一个过客，虽然这些地方的山水人情也曾流入我的思想，毕竟只是过眼烟云。

我在这个世界走来走去，已经走了七十三年，我还能走得多远，多久？

文章杂事

——写字·画画·做饭

我正经练字是在小学五年级暑假。我的祖父不知道为什么一高兴，要亲自教我这个孙子。每天早饭后，讲《论语》一节，要读熟，读后，要写一篇叫作“义”体的短文。“义”是把《论语》的几句话发挥一通，这其实是八股文的初阶，祖父很欣赏我的文笔，说是若在“前清”，进学是不成问题的。另外，还要写大字、小字各一张。这间屋子分里外间，里间是一个佛堂，供着一尊铜佛。外间是祖母放置杂物的地方，房梁上挂了好些干菜和晾干了的粽叶，我就在干菜、粽叶的气味中读书、作文、写字。下午，就放学了，随我自己玩。

祖父叫我临的大字帖是裴休的《圭峰定慧禅师碑》，是他从藏帖中选出来的，裴休写的碑不多见，我也只见过这一种。裴休的字写得安静平和，不像颜字柳字那样筋骨努张。祖父所以选中这部帖，道理也许在此。

小学六年级暑假，我在三姑父家从韦子廉先生学。韦先生每天讲一篇桐城派古文，让我们写篇大字。韦先生是写魏碑的，曾临北碑各体，他叫我临的是《多宝塔》。《多宝塔》是颜字里写得最清秀的，不像《大字麻姑仙坛》那样重浊。

有人说中国的书法坏于颜真卿，未免偏激。任何人写碗口大的字，恐怕都得有点颜书笔意，蔡襄以写行草擅名，福州鼓山上有他的两处题名，写的是正书，那是颜体。董其昌行书透逸，写大字却用颜体。歙县有许多牌坊，坊额传为董其昌书，是颜体。

读初中后，父亲建议我写写魏碑，写《张猛龙》。买来一种稻草做的高二尺，宽尺半，粗而厚的纸，我每天写满一张。

《圭峰碑》《多宝塔》《张猛龙》，这是我的书法的底子。

祖父拿给我临的小楷是赵子昂的《闲邪公家传》，我后来临过《黄庭》《乐毅》，时间都很短。一九四三年云南大学成立了一个曲社，拍曲子。曲谱石印，要有人在特制的石印纸上，用特制的石印墨汁，端楷写出印刷。这差事落在我的头上。我凝神静气地写了几十出曲谱，有的是晋人小楷笔意，我的晋人笔意不是靠临摹，而是靠“看”，看来的。

有一个时期，我写的小楷效法倪云林、石涛。

一九四七、一九四八年我还能用结体微扁的晋人小楷用毛笔在毛边纸上写稿、写信。以后改用钢笔，小楷功夫就荒废了。

习字，除了临摹，还要多看，即“读帖”，我的字受“宋四家”（苏、黄、米、蔡）的影响，但我并未临过“宋四家”，是因为爱看，于不知不觉中受了感染。

对于“宋四家”，自来书法家颇多贬词。有人以为中国书法一坏于颜真卿，二坏于“宋四家”，这话不能说毫无道理。“宋四家”对于二王，对于欧薛，确实是一种破坏。但是，也是革新。宋人书法的特点是解放，有较多的自由，较多的个性。“四家”的“蔡”本指蔡京，因为蔡京人太坏，被开除了，代之以蔡襄。其实蔡京的字是写得很好的，有人以为应为“四家”之冠，我同意。苏东坡多有偏锋，书体颇近甜俗。黄山谷长撇大捺，做作。米芾字不宜多看，多看了会受其影响，终身摆脱不开。米字流畅洒脱，而书品不高，他自称是“臣书刷字”。我的书品也只是尔尔，无可奈何！

我没有正式学过画。我父亲是画家，年轻时画过工笔画。

中年后画写意花卉。他没有教过我。只是在他作画时，我爱在旁边看，给他抻抻纸。我家有不少珂罗版印的画册，我没事时就翻来覆去一本一本地看。画册以四王最多，还有，不知为什么有好几本蓝四叔的。我对四王、蓝四叔都没有太大兴趣，及见徐青藤、陈白阳及石涛画，乃大好之。我作画只是自己瞎抹，无师法。要说有，就是这几家（石涛偶亦画花卉，皆极精）。我作画不写生，只是凭印象画。曾为《中国作家》画水仙，另纸题诗一首，中有句云："草花随目见，鱼鸟略似真。"我画的鸟，我的女儿称之为"长嘴大眼鸟"。我的孙女有一次看艺术纪录片《八大山人》，说："爷爷画的鸟像八大山人——大眼睛。"写意画要有随意性，不能过事经营，画得太理智。我作画，大体上有一点构思，便信笔涂抹，墨色浓淡，并非预想。画中国画的快乐也在此。曾请人刻了两方闲章，刻的是陶弘景的两句诗："岭上多白云""只可自怡悦"。有人撺掇我开展览会，我笑笑，我的画作为一个作家的画，还看得过去，要跻身画家行列，是会令画师齿冷的。

有人说写字，画画，也是一种气功。这话有点道理。写字、画画是一种内在的运动。写字、画画，都要把心沉下来，齐白石题画曰："心闲气静时一挥。"心浮气躁时写字、画画，必不能挂。写字画画可以养性，故书画家多长寿。

我不会做什么菜。可是不知道为什么竟会弄得名闻海峡两岸。这是因为有过几位台湾朋友在我家吃过我做的菜，大肆宣传而造成的。我只能做几个家常菜。大菜，我做不了。我到海南岛去，东道主送了我好些鱼翅、燕窝，我放在那里一直没有动，因为不知道怎么做。有一点特色，可以称为我家小菜保留节目的有这些：

拌荠菜、拌菠菜。荠菜焯熟，切碎，香干切米粒大，与荠菜同拌，在盘中用手抟成宝塔状。塔顶放泡好的海米，上堆姜米、蒜米。好酱油、醋、香油放在茶杯内，荠菜上桌后，浇在顶上，将荠菜推倒，拌匀，即可下箸。佐酒甚妙。没有荠菜的季节，可用嫩菠菜以同法制。这样做的拌菠菜比北京用芝麻酱拌的要好吃得多。这道菜已经在北京的几位作家中推广，凡试做者，无不成功。

干丝。这是淮扬菜，旧只有烫干丝，大白豆腐干片为薄片（刀工好的师傅一块豆腐干能片十六片），再切为细丝。酱油、醋、香油调好备用。干丝用开水烫过，上放青蒜米、姜丝（要嫩姜，切极细），将调料淋下，即得。这本是茶馆中在点心未蒸熟之前，先上桌佐茶的闲食，后来饭馆里当一道菜卖了。

煮干丝的历史我想不超过一百年。上汤（鸡汤或骨头汤）加火腿丝、鸡丝、冬菇丝、虾籽同熬（什么鲜东西都可以往里搁），下干丝，加盐，略加酱油，使微有色，煮两三开，加姜丝，即可上桌。聂华苓有一次上我家来，吃得非常开心，最后连汤汁都端起来喝了。北京大方豆腐干甚少见，可用豆腐片代。干丝重要的是刀工。袁子才谓“有味者使之出，无味者使之入”，干丝切得极细，方能入味。

烧小萝卜。台湾陈怡真到北京来，指名要我做菜，我给她做了几个菜，有一道是烧小萝卜，我知道台湾没有小红水萝卜（台湾只有白萝卜）。做菜看对象，要做客人没有吃过的，才觉新鲜。北京小水萝卜一年里只有几天最好。早几天，萝卜没长好，少水分，发艮，且有辣味，不甜；过了这几天，又长过了，糠。陈怡真运气好，正赶上小萝卜最好吃的时候。她吃了，赞不绝口。我做的烧小萝卜确实很好吃，因为是用干贝烧的。“粗菜细做”，是制家常菜不二法门。

塞肉回锅油条。这是我的发明，可以申请专利。油条切成寸半长的小段，用手指将内层掏出空隙，塞入肉茸、葱花、榨菜末，下油锅重炸。油条有矾，较之春卷尤有风味。回锅油条极酥脆，嚼之真可声动十里人。

炒青苞谷。新玉米剥出粒，与瘦猪肉末同炒，加青辣椒。昆明菜。

其余的菜如冰糖肘子、腐乳肉、腌笃鲜、水煮牛肉、干煸牛肉丝、冬笋雪里蕻炒鸡丝、清蒸轻盐黄花鱼、川冬菜炒碎肉……大家都会做，也都是那个做法，不列举。

做菜要有想象力，爱琢磨，如苏东坡所说："忽出新意"；要多实践，学做一样菜总得失败几次，方能得其要领；也需要翻翻食谱。在我所看的闲书中，食谱占一个重要地位。食谱中写得最好的，我以为还得数袁子才的《随园食单》。这家伙确实很会吃，而且还能说出个道道。如前面所说："有味者使之出，无味者使之入。"实是经验的总结。"荤菜素油炒，素菜荤油炒"，尤为至理名言。

做菜的乐趣第一是买菜，我做菜都是自己去买的。到菜市场要走一段路，这也是散步，是运动。我什么功也不练，只练"买菜功"。我不爱逛商店，爱逛菜市。看看那些碧绿生青、新鲜水灵的瓜菜，令人感到生之喜悦。其次是切菜、炒菜都得站着，对于一个终日伏案的人来说，改变一下身体的姿势是有好处的。最大的乐趣还是看家人或客人吃得很高兴，盘盘见底。做菜的人一般吃菜很少。我的菜端上来之后，我只是每样尝两筷，然后就坐着抽烟、喝茶、喝酒。从这点说起来，愿意做菜给别人吃的人是比较不自私的。

诗曰：

年年岁岁一床书，
弄笔晴窗且自娱。
更有一般堪笑处，
六平方米作郇厨。

书画自娱

《中国作家》将在封二发作家的画，拿去我的一幅，还要写几句有关“作家画”的话，写了几句诗：

我有一好处，平生不整人。
写作颇勤快，人间送小温。
或时有佳兴，伸纸画芳春。
草花随目见，鱼鸟略似真。
唯求俗可耐，宁计故为新。
只可自怡悦，不堪持赠君。
君若亦欢喜，携归尽一樽。

诗很浅显，不须注释，但可申说两句。给人间送一点小小的温暖，这大概可以说是我的写作的态度。我的书画，更是遣兴而已。我很欣赏宋人诗："四时佳兴与人同。"人活着，就得有点兴致。我不会下棋，不爱打扑克、打麻将，偶尔喝了两杯酒，一时兴起，便裁出一张宣纸，随意画两笔。所画多是"芳春"——对生活的喜悦。我是画花鸟的。所画的花都是平常的花。北京人把这样的花叫"草花"。我是不种花的，只能画我在街头、陌上、公园里看得很熟的花。我没有画过素描，也没有临摹过多少徐青藤、陈白阳，只是"以意为之"。我很欣赏齐白石的话："太似则媚俗，不似则欺世。"我画鸟，我的女儿称之为"长嘴大眼鸟"。我画得不大像，不是有意求其"不似"，实因功夫不到，不能似耳。但我还是希望能"似"的。当代"文人画"多有烟云满纸，力求怪诞者，我不禁要想起齐白石的话，这是不是"欺世"？"说了归齐"（这是北京话），我的画画，自娱而已。"只可自怡悦，不堪持赠君"，是照搬了陶弘景的原句。我近曾到永嘉去了一次，游了陶公洞，觉得陶弘景是个很有意思的人。他是道教的重要人物。其思想的基础是老庄，接受了神仙道教影响，又吸取佛教思想，他又是个药物学家，且擅长书法，他留下的诗不多，最著名的是《诏问山中何所有》：

山中何所有？
岭上多白云。
只可自怡悦，
不堪持赠君。

一个人一辈子留下这四句诗，也就可以不朽了。我的画，也只是白云一片而已。

“无事此静坐[1]”

我的外祖父治家整饬，他家的房屋都收拾得很清爽，窗明几净。他有几间空房，檐外有几棵梧桐，室内有木榻、漆桌、藤椅，这是他待客的地方，但是他的客人很少，难得有人来。这几间房子是朝北的，夏天很凉快。南墙挂着一条横幅，写着五个正楷大字：

无事此静坐

我很欣赏这五个字的意思。稍大后，知道这是苏东坡的诗，

① 无事此静坐：出自苏轼的诗《司命宫杨道士息轩》：“无事此静坐，一日似两日。若活七十年，便是百四十。黄金几时成，白发日夜出。开眼三千秋，速如驹过隙。是故东坡老，贵汝一念息。时来登此轩，目送过海席。家山归未能，题诗寄屋壁。”诗句强调宋儒静心修养的境界。

下面的一句是：

一日似两日。

事实上，外祖父也很少到这里来。倒是我常常拿了一本闲书，悄悄走进去，坐下来一看半天，看起来，我小小年纪，就已经有一点儿隐逸之气了。

静，是一种气质，也是一种修养。诸葛亮云："非淡泊无以明志，非宁静无以致远。"心浮气躁，是成不了大气候的。静是要经过锻炼的，古人叫作"习静"。唐人诗云："山中习静朝观槿，松下清斋折露葵。""习静"可能是道家的一种功夫，习于安静确实是生活于扰攘的尘世中人所不易做到的。静，不是一味地孤寂，不闻世事。我很欣赏宋儒的诗："万物静观皆自得，四时佳兴与人同。"唯静，才能观照万物，对于人间生活充满盎然的兴致。静是顺乎自然，也是合乎人道的。

世界是喧闹的。我们现在无法逃到深山里去，唯一的办法是闹中取静。毛主席年轻时曾采用了几种锻炼自己的方法，一种是"闹市读书"。把自己的注意力高度集中起来，不受外界干扰，我想这是可以做到的。

这是一种习惯，也是环境造成的。我下放张家口沙岭子农业科学研究所劳动，和三十几个农业工人同住一屋。他们吵吵闹闹，打着马锣唱山西梆子，我能做到心如止水，照样看书、写文章。我有两篇小说，就是在震耳的马锣声中写成的。这种功夫，多年不用，已经退步了，我现在写东西总还是希望有个比较安静的环境，但也不必一定要到海边或山边的别墅中才能构想。

大概有十多年了，我养成了静坐的习惯。我家有一对旧沙发，有几十年了。我每天早上泡一杯茶，点一支烟，坐在沙发里，坐一个多小时。虽是端然坐，然而浮想联翩。一些故人往事，一些声音、一些颜色、一些语言、一些细节，会逐渐在我的眼前清晰起来、生动起来。这样连续坐几个早晨，想得成熟了，就能落笔写出一点东西。我的一些小说散文，常得之于清晨静坐之中。曾见齐白石一幅小画，画的是淡蓝色的野藤花，有很多小蜜蜂，有颇长的题记，说这是他家的野藤，开花时游蜂无数，他有个孙子曾被蜂螫，现在这个孙子也能画这种藤花了，最后两句我一直记得很清楚：“静思往事，如在目底。”这段题记是用金冬心体写的，字画皆极娟好。

“静思往事，如在目底。”我觉得这是最好的创作心理状态。就是下笔的时候，也最好心里很平静，如白石老人题画所说：“心闲气静时一挥。”

我是个比较恬淡平和的人，但有时也不免浮躁，最近就有点儿如我家乡话所说“心里长草”。我希望政通人和，使大家能安安静静坐下来，想一点事，读一点书，写一点文章。

写字

写字总得从临帖开始。我比较认真地临过一个时期的帖，是在十多岁的时候，大概是小学五年级、六年级和初中一年级的暑假。我们那里，那样大的孩子“过暑假”的一个主要内容便是读古文和写字。一个暑假，我从祖父读《论语》，每天上午写大、小字各一张，大字写《圭峰碑》，小字写《闲邪公家传》，都是祖父给我选定的。祖父认为我写字用功，奖给了我一块猪肝紫的端砚和十几本旧拓的字帖：我印象最深的是一本褚河南的《圣教序》。这些字帖是一个败落的世家夏家卖出来的。夏家藏帖很多，我的祖父几乎全部买了下来。一个暑假，从一个姓韦的先生学桐城派古文、写字。韦先生是写魏碑的，他让我临的却是《多宝塔》。一个暑假读《古文观止》、唐诗，写《张猛龙》。这是我父亲的主意。他认为得写写魏碑，才能掌握好字的骨力和间架。我写《张猛龙》，用的是一种稻草做的纸——不是解大便用的草纸，很大，有半张报纸那样大，质地较草纸紧密，但是表面相当粗。这种纸市面上看不到卖，不知道父亲是从什么地方买来的。用这种粗纸写魏碑是很合适的，运笔需格外用力。其实不管写什么体的字，都不宜用过于平滑的纸。古人写字多用麻纸，是不平滑的。像澄心堂纸那样细腻的，是不多见的。这三部帖，给我的字打了底子，尤其是《张猛龙》。到现在，从我的字里还可以看出它的影响，结体和用笔。

临帖是很舒服的，可以使人得到平静。初中以后，我就很少有整桩的时间临帖了。读高中时，偶尔临一两张，一曝十寒。二十岁以后，读了大学，极少临帖。曾在昆明一家茶叶店看到一副对联："静对古碑临黑女，闲吟绝句比红儿"。这副对联的作者真是一个会享福的人。《张黑女》的字我很喜欢，但是没有临过，倒是借得过一本，反反复复，"读"了好多遍。《张黑女》北书而有南意，我以为是从魏碑到二王之间的过渡。这种字体很难把握，五十年来，我还没有见过一个书家写《张黑女》而能得其仿佛的。

写字，除了临帖，还需"读帖"。包世臣以为读帖当读真迹，石刻总是形似，失去原书精神，看不出笔意，固也。试读《三希堂法帖·快雪时晴》，再到故宫看看原件，两者比较，相去真不可以道里计。看真迹，可以看出纸、墨、笔之间的关系。尤其是“运墨”；“纸墨相得”，是从拓本上感觉不出来的。但是真迹难得看到，像《快雪时晴》《奉橘帖》那样的稀世国宝，故宫平常也不拿出来展览。隔着一层玻璃，也不便揣摩谛视。求其次，则可看看珂罗版影印的原迹。多细的珂罗版也是有网纹的，印出来的字多浅淡发灰，不如原书的沉着入纸。但是，毕竟慰情聊胜无，比石刻拓本要强得多。读影印的《祭侄文》，才知道颜真卿的字是从二王来的，流畅潇洒，并不都像《麻姑仙坛》那样见棱见角的“方笔”；看《兴福寺碑》，觉赵子昂的用笔也是很硬的，不像坊刻应酬尺牍那样柔媚。再其次，便只好看看石刻拓本了。不过最好要旧拓。从前旧拓字帖并不很贵，逛琉璃厂，挟两本旧帖回来，不是难事。现在可不得了了！前十年，我到一家专卖碑帖的铺子里，见有一部《淳化阁帖》，我请售货员拿下来看看，售货员站着不动，只说了个价钱。他的意思我明白：你买得起吗？我只好向他道歉：“那就不麻烦你了！”现在比较容易得到的丛帖是北京日报出版社影印的《三希堂法帖》。乾隆本的《三希堂法帖》是浓墨乌金拓。我是不喜欢乌金拓的，太黑，且发亮。北京日报出版社用重磅铜版纸印，更显得油墨堆浮纸面，很“暴”。而且分装四大厚册，很重，展玩极其不便。不过能有一套《三希堂法帖》已属幸事，还有什么话可说呢？

《三希堂法帖》收宋以后的字很多。对于中国书法的发展，一向有两种对立的意见。一种以为中国的书法，一坏于颜真卿，二坏于宋四家。一种以为宋人书是一个重要的突破。宋人宗法二王，而不为二王所囿，用笔洒脱，显出各自的个性和风格。有人一辈子写晋人书体，及读宋人帖，方悟用笔。我觉两种意见都有道理。但是，二王书如清炖鸡汤，宋人书如棒棒鸡。清炖鸡汤是真味，但是吃惯了麻辣的川味，便觉得什么菜都不过瘾。一个人多“读”宋人字，便会终身摆脱不开，明知趣味不高，也没有办法。话又说回来，现在书家中标榜写二王的，有几个能不越雷池一步的？即便是沈尹默，他的字也明显地看出有米字的影响。

“宋四家”指苏（东坡）、黄（山谷）、米（芾）、蔡。“蔡”本指蔡京，但因蔡京人品不好，遂以蔡襄当之。早就有人提出这个排列次序不公平。就书法成就说，应是蔡、米、苏、黄。我同意。我认为宋人书法，当以蔡京为第一。北京日报出版社《三希堂法帖与书法家小传》（卷二），称蔡京“字势豪健，痛快沉着，严而不拘，逸而不外规矩。比其从兄蔡襄书法，飘逸过之，一时各书家，无出其左右者”“……但因人品差，书名不为世人所重。”我以为这评价是公允的。

这里就提出一个多年来缠夹不清的问题：人品和书品的关系。一种很有势力的意见以为，字品即人品，字的风格是人格的体现。为人刚毅正直，其书乃能挺拔有力。典型的代表人物是颜真卿。这不能说是没有道理，但是未免简单化。有些书法家，人品不能算好，但你不能说他的字写得不好，如蔡京，如赵子昂，如董其昌，这该怎么解释？历来就有人贬低他们的书法成就。看来，用道德标准、政治标准代替艺术标准，是古已有之的。看来，中国的书法美学、书法艺术心理学，得用一个新的观点、新的方法来重新开始研究。简单从事，是有害的。

蔡京字的好处是放得开，《与节夫书帖》《与宫使书帖》可以为证。写字放得开并不容易。书家往往于酒后写字，就是因为酒后精神松弛，没有负担，较易放得开。相传王羲之的《兰亭序》是醉后所写。苏东坡说要“酒气拂拂从指间出”，才能写好字，东坡《答钱穆父诗》书后自题是“醉书”。万金跋此帖后云：

不要着急

> 右军兰亭，醉时书也。东坡答钱穆父诗，其后亦题曰醉书。较之常所见帖大相远矣。岂醉者神全，故挥洒纵横，不用意于布置，而得天成之妙欤？不然则兰亭之传何其独盛也如此。

说得是有道理的。接连写几张字，第一张大都不好，矜持拘谨。大概第三四张较好，因为笔放开了。写得太多了，也不好，容易“野”。写一上午字，有一张满意的，就很不错了。有时一张都不好，也很别扭。那就收起笔砚，出去遛个弯儿去。写字本是遣兴，何必自寻烦恼。

谈读杂书

我读书很杂，毫无系统，也没有目的。随手抓起一本书来就看。觉得没意思，就丢开。我看杂书所用的时间比看文学作品和评论的要多得多。常看的是有关节令风物民俗的，如《荆楚岁时记》《东京梦华录》。其次是方志、游记，如《岭表录异》《岭外代答》。讲草木虫鱼的书我也爱看，如法布尔的《昆虫记》，吴其濬的《植物名实图考》《花镜》[①]。讲正经学问的书，只要写得通达而不迂腐的也很好看，如《癸巳类稿》。《十驾斋养新录》差一点，其中一部分也挺好玩。我也爱读书论、画论。有些书无法归类，如《宋提刑洗冤录》，这是讲验尸的。有些书本身内容就很庞杂，如《梦溪笔谈》《容斋随笔》之类的书，只好笼统地称之为笔记了。

① 此处汪曾祺记忆有误，《花镜》为清代陈淏子所辑。

读杂书至少有以下几种好处：第一，这是很好的休息。泡一杯茶懒懒地靠在沙发里，看杂书一册，这比打扑克要舒服得多。第二，可以增长知识，认识世界。我从法布尔的书里知道知了原来是个聋子，从吴其濬的书里知道古诗里的葵就是湖南、四川人现在还吃的冬苋菜，实在非常高兴。第三，可以学习语言。杂书的文字都写得比较随便，比较自然，不是正襟危坐，刻意为文，但自有情致，而且接近口语。一个现代作家从古人学语言，与其苦读《昭明文选》、“唐宋八家”，不如多看杂书。这样较易融入自己的笔下。这是我的一点经验之谈。青年作家，不妨试试。第四，从杂书里可以悟出一些写小说、写散文的道理，尤其是书论和画论。包世臣《艺舟双楫》云：“吴兴书笔，专用平顺，一点一画，一字一行，排次顶接而成。古帖字体，大小颇有相径庭者，如老翁携幼孙行，长短参差，而情意真挚，痛痒相关。吴兴书如士人入隘巷，鱼贯徐行，而争先竞后之色，人人见面，安能使上下左右空白有字哉！”他讲的是写字，写小说、散文不也正当如此吗？小说、散文的各部分，应该“情意真挚，痛痒相关”，这样才能做到“形散而神不散”。

西窗雨

很多中国作家是吃狼的奶长大的。没有外国文学的影响，中国文学不会像现在这个样子，很多作家也许不会成为作家。即使有人从来不看任何外国文学作品，即使他一辈子住在连一条公路也没有的山沟里，他也是会受外国文学的影响的，尽管是间接又间接的。没有一个作家是真正的“土著”，尽管他以此自豪，以此标榜。

高中三年级的时候，我为避战乱，住在乡下的一个小庵里，身边所带的书，除为了考大学用的物理化学教科书外，只有一本《沈从文选集》，一本屠格涅夫的《猎人笔记》。可以说，是这两本书引我走上文学道路的。屠格涅夫对人的同情，对自然的细致的观察给我很深的影响。

我在大学里读的是中文系，但是课外所看的，主要是翻译的外国文学作品。

我喜欢在气质上比较接近我的作家。不喜欢托尔斯泰。一直到一九五八年我为了找一部耐看的作品，我才带了两大本《战争与和平》，费了好大的劲才看完。不喜欢陀思妥耶夫斯基那样沉重阴郁的小说。非常喜欢契诃夫。托尔斯泰说契诃夫是一个很怪的作家，他好像把文字随便丢来丢去，就成了一篇作品。我喜欢他的松散自由、随便、起止自在的文体；喜欢他对生活的痛苦的思索和一片温情。我认为契诃夫是一个真正的现代作家。从契诃夫后，俄罗斯文学才进入一个新的时期。

苏联文学里，我喜欢安东诺夫。他是继承契诃夫传统的。他比契诃夫更现代一些，更西方一些。我看了他的《在电车上》，有一次在文联大楼开完会出来，在大门台阶上遇到萧乾同志，我问他："这是不是意识流？"萧乾说："是。但是我不敢说！"

我喜欢苏克申，他也是继承契诃夫的。苏克申对人生的感悟比安东诺夫要深。

法国文学里，最使当时的大学生着迷的是A.纪德。在茶馆里，随时可以看到一个大学生捧着一本纪德的书在读，从优雅的、抒情诗一样的情节里思索其中哲学的底蕴。影响最大的是《纳蕤思解说》《田园交响乐》。《窄门》《伪币制造者》比较枯燥。在《地粮》的文体影响下，不少人写起散文诗日记。

波特莱尔的《恶之花》《巴黎之烦恼》是一些人的袋中书——这两本书的开本都比较小。

我不喜欢莫泊桑，因为他做作，是个“职业小说家”。我喜欢都德，因为他自然。

我始终没有受过《约翰·克利斯朵夫》的诱惑，我宁可听法朗士的怀疑主义的长篇大论。

英国文学里，我喜欢弗·伍尔夫。她的《到灯塔去》《浪》写得很美。我读过她的一本很薄的小说《狒拉西》，是通过一只小狗的眼睛叙述伯朗宁和伯朗宁夫人的恋爱过程，角度非常别致。《狒拉西》似乎不是用意识流方法写的。

我很喜欢西班牙的阿索林，阿索林的意识流是覆盖着阴影的，清凉的，安静透亮的溪流。

意识流有什么可非议的呢？人类的认识发展到一定阶段，就会发现人的意识是流动的，不是那样理性，那样规整，那样可以分切的。意识流改变了作者和人物的关系。作者对人物不再是旁观，俯视，为所欲为。作者的意识和人物的意识同时流动。这样，作者就更接近人物，也更接近生活，更真实了。意识流不是理论问题，是自然产生的。林徽因显然就是受了弗·伍尔夫的影响，废名原来并没有看过伍尔夫的作品，但是他的作品却与伍尔夫十分相似。这怎么解释？

意识流造成传统叙述方法的解体。

我年轻时是受过现代主义、意识流方法的影响的。

太阳晒着港口，把盐味敷到坞边的杨树的叶片上。海是绿的，腥的。

一只不知名的大果子，有头颅那样大，正在腐烂。

贝壳在沙粒里逐渐变成石灰。

浪花的白沫上飞着一只鸟，仅仅一只。太阳落下去了。

黄昏的光映在多少人的额头上，在他们的额头上涂了一半金。

多少人逼向三角洲的尖端。又转身分散。

人看远处如烟。

自在烟里，看帆篷远去。

来了一船瓜，一船颜色和欲望。

一船是石头，比赛着棱角。也许——

一船鸟，一船百合花。

深巷卖杏花。骆驼。

骆驼的铃声在柳烟中摇荡。鸭子叫，一只通红的蜻蜓。

惨绿的雨前的磷火。

一城灯！

——《复仇》

这是什么？大概是意识流。

我的文艺思想后来有所发展。八十年代初，我宣布过“回到现实主义，回到民族传统”。但是立即补充了一句：“我所说的现实主义是能容纳各种流派的现实主义，我所说的民族传统是能吸收任何外来影响的民族传统。”

抗日战争时期。昆明小西门外。

米市，菜市，肉市。柴驮子，炭驮子。马粪。粗细瓷碗，砂锅铁锅。焖鸡米线，烧饵块。金钱片腿，牛干巴。炒菜的油烟，炸辣子呛人的气味。红黄蓝白黑，酸甜苦辣咸。

不要着急

每个人带着一生的历史，半个月的哀乐，在街上走……

——《钓人的孩子》

这大概不能算是纯粹的民族传统。中国虽然也有“鸡声茅店月，人迹板桥霜”，有“古道西风瘦马，枯藤老树昏鸦”，但是堆砌了一连串的名词，无主语，无动词，是少见的。这也可以说是意识流。有人说这是意象主义，也可以吧。总之，这样的写法是外来的。

有一种说法：越是民族的，就越是世界的。这话我不知道是什么意思。如果说越写出民族的特点，就越有世界意义，可以同意。如果用来作为拒绝外来影响的借口，以为越土越好，越土越洋，我觉得这会害了自己，也害了别人。

我想对《外国文学评论》提几点看法。

希望能研究一下外国文学研究的最终目的是什么？我以为应该是推动、影响、刺激中国的当代创作。要考虑刊物的读者是什么人，我以为应是中国作家、中国的文学爱好者，当然，也包括中国的外国文学研究者。不要为了研究而研究，不要脱离中国文学的实际，要有的放矢，顾及社会的和文学界的效应。

评论要和鉴赏结合起来，要更多介绍一点外国作家和作品，不要空谈理论。现在发表的文章多是从理论到理论。评介外国的作家和作品，得是一个中国的研究者的带独创性的意见，不宜照搬外国人的意见。可以考虑开一个栏目：外国作家对中国作家的影响，比如魏尔兰之于艾青，T.S. 艾略特、奥登之于九叶派诗人……这似乎有点跨进了比较文学的范围。但是我觉得一个外国文学研究者多多少少得是一个比较文学研究者，否则易于架空。

最后，希望文章不要全是理论语言，得有点文学语言。要有点幽默感。完全没有幽默感的文章是很烦人的。

学话常谈

惊人与平淡

杜甫诗云：“语不惊人死不休”，宋人论诗，常说“造语平淡”。究竟是惊人好，还是平淡好？

平淡好。

但是平淡不易。

平淡不是从头平淡，平淡到底。这样的语言不是平淡，而是“寡”。山西人说一件事、一个人、一句话没有意思，就说：“看那寡的！”

宋人所说的平淡可以说是“第二次的平淡”。

苏东坡尝有书与其侄云：

大凡为文，当使气象峥嵘，五色绚烂。渐老渐熟，乃造平淡。

葛立方《韵语阳秋》云：

大抵欲造平淡，当自组丽中来，落其华芬，然后可造平淡之境。

平淡是苦思冥想的结果。欧阳修《六一诗话》说：

（梅）圣俞平生苦于吟咏，以闲远古淡为意，故其构思极艰。

《韵语阳秋》引梅圣俞和晏相诗云：

因今适性情，稍欲到平淡。苦词未圆熟，刺口剧菱芡。

言到平淡处甚难也。

不要着急

运用语言，要有取舍，不能拿起笔来就写。姜白石云：

> 人所易言，我寡言之。人所难言，我易言之，自不俗。

作诗文要知躲避。有些话不说。有些话不像别人那样说。至于把难说的话容易地说出，举重若轻，不觉吃力，这更是功夫。苏东坡作《病鹤》诗，有句“三尺长胫□瘦躯”，抄本缺第五字，几位诗人都来补这字，后来找来旧本，这个字是“搁”，大家都佩服。杜甫有一句诗“身轻一鸟□”，刻本末一字模糊不清，几位诗人猜这是个什么字。有说是“飞”，有说是“落”……后来见到善本，乃是“身轻一鸟过”，大家也都佩服。苏东坡的“搁”字写病鹤，确是很能状其神态，但总有点“做”，终觉吃力，不似杜诗“过”字之轻松自然，若不经意，而下字极准。

平淡而有味，材料、功夫都要到家。四川菜里的“开水白菜”，汤清可以注砚，但是并不真是开水煮的白菜，用的是鸡汤。

方言

作家要对语言有特殊的兴趣，对各地方言都有兴趣，能感觉、欣赏方言之美，方言的妙处。

上海话不是最有表现力的方言，但是有些上海话是不能代替的。比如“辣辣两记耳光！”这只有用上海方音读出来才有劲。曾在报纸上读一纸短文，谈泡饭，说有两个远洋轮上的水手，想念上海，想念上海的泡饭，说回上海首先要“杀杀搏搏吃两碗泡饭！”“杀杀搏搏”说得真是过瘾。

有一个关于苏州人的笑话，说两位苏州人吵了架，几至动武，一位说：“阿要把倷两记耳光搭搭？”用小菜佐酒，叫作“搭搭”。打人还要征求对方的同意，这句话真正是“吴侬软语”，很能表现苏州人的特点。当然，这是个夸张的笑话，苏州人虽“软”，不会软到这个样子。

有苏州人、杭州人、绍兴人和一位扬州人到一个庙里，看到“四大金刚”，各说了一句有本乡特点的话，扬州人念了四句诗：

四大金刚不出奇，

里头是草外头是泥。
你不要夸你个子大，
你敢跟我洗澡去！

这首诗很有扬州的生活特点。扬州人早上皮包水（上茶馆吃茶），晚上“水包皮”（下澡堂洗澡）。四大金刚当然不敢洗澡去，那就会泡烂了。这里的“去”须用扬州方音，读如kì。

写有地方特点的小说、散文，应适当地用一点本地方言。我写《七里茶坊》，里面引用黑板报上的顺口溜：“天寒地冻百不咋，心里装着全天下”，“百不咋”就是张家口一带的话。《黄油烙饼》里有这样几句：“这车的样子真可笑，车轱辘是两个木头饼子，还不怎么圆，骨鲁鲁，骨鲁鲁，往前滚。”这里的“骨鲁鲁”要用张家口坝上的音读，“骨”字读入声。如用北京音读，即少韵味。

幽默

《梦溪笔谈》载：

关中无螃蟹。元丰中，余在陕西，闻秦州人家收得一干蟹，土人怖其形状，以为怪物，每人家有病疟者，则借去挂门户上，往往遂差。不但人不识，鬼亦不识也。

过去以为生疟疾是疟鬼作祟，故云：“不但人不识，鬼亦不识也。”说得非常幽默。这句话如译为口语，味道就差一些了，只能用笔记体的比较通俗的文言写。有人说中国无幽默，噫，是何言欤！宋人笔记，如《梦溪笔谈》《容斋随笔》，有不少是写得很幽默的。

幽默要轻轻淡淡，使人忍俊不禁，不能存心使人发笑，如北京人所说“胳肢人”。

“揉面”——谈语言

语言是艺术

语言本身是艺术，不只是工具。

写小说用的语言，文学的语言，不是口头语言，而是书面语言。是视觉的语言，不是听觉的语言。有的作家的语言离开口语较远，比如鲁迅；有的作家的语言比较接近口语，比如老舍。即使是老舍，我们可以说他的语言接近口语，甚至是口语化，但不能说他用口语写作，他用的是经过加工的口语。老舍是北京人，他的小说里用了很多北京话。陈建功、林斤澜、中杰英的小说里也用了不少北京话。但是他们并不是用北京话写作。他们只是吸取了北京话的词汇，尤其是北京人说话的神气、劲头、“味儿”。他们在北京人说话的基础上创造了各自的艺术语言。

小说是写给人看的，不是写给人听的。

外国人有给自己的亲友读自己的作品的习惯。普希金给老保姆读过诗。屠格涅夫给托尔斯泰读过自己的小说。效果不知如何。中国字不是拼音文字。中国的有文化的人，与其说是用汉语思维，不如说是用汉字思维。汉字的同音字又非常多。因此，很多中国作品不太宜于朗诵。

比如鲁迅的《高老夫子》：

> 他大吃一惊，至于连《中国历史教科书》也失手落在地上了，因为脑壳上突然遭到了什么东西的一击。他倒退两步，定睛看时，一枝夭斜的树枝横在他的面前，已被他的头撞得树叶都微微发抖。他赶紧弯腰去拾书本，书旁边竖着一块木牌，上面写道——

桑 桑科

看小说看到这里，谁都忍不住失声一笑。如果单是听，是觉不出那么可笑的。

有的诗是专门写来朗诵的，但是有的朗诵诗阅读的效果比耳听还更好一些。比如柯仲平的诗：

人在冰上走，
水在冰下流……

这写得很美。但是听朗诵的都是识字的，并且大都是有一定的诗的素养的，他们还是把听觉转化成视觉的（人的感觉是相通的），实际还是在想象中看到了那几个字。如果叫一个不识字的，没有文学素养的普通农民来听，大概不会感受到那样的意境，那样浓厚的诗意。“老妪都解”不难，叫老妪都能欣赏就不那么容易。“离离原上草”，老妪未必都能击节。

我是不太赞成电台朗诵诗和小说的，尤其是配了乐。我觉得这常常限制了甚至损伤了原作的意境。听这种朗诵总觉得是隔着袜子挠痒痒，很不过瘾，不若直接看书痛快。

文学作品的语言和口语最大的不同是精练。高尔基说契诃夫可以用一个字说了很多意思。这在说话时很难办到，而且也不必要。过于简练，甚至使人听不明白。张寿臣的单口相声，看印出来的本子，会觉得很啰唆，但是说相声就得那么说，才明白。反之，老舍的小说也不能当相声来说。

其次还有字的颜色、形象、声音。

中国字原来是象形文字，它包含形、音、义三个部分。形、音，是会对义产生影响的。中国人习惯于望"文"生义。"浩瀚"必非小水，"涓涓"定是细流。木玄虚的《海赋》里用了许多三点水的字，许多模拟水的声音的词，这有点近于魔道。但是中国字有这些特点，是不能不注意的。

说小说的语言是视觉语言，不是说它没有声音。前已说过，人的感觉是相通的。声音美是语言美的很重要的因素。一个有文学修养的人，对文字训练有素的人，是会直接从字上"看"出它的声音的。中国语言因为有"调"，即"四声"，所以特别富于音乐性。一个搞文字的人，不能不讲一点声音之道。"前有浮声，则后有切响"，沈约把语言声音的规律概括得很扼要。简单地说，就是平仄声要交错使用。一句话都是平声或都是仄声，一顺边，是很难听的。京剧《智取威虎山》里有一句唱词，原来是"迎来春天换人间"，毛主席给改了一个字，把"天"

字改成“色”字。有一点旧诗词训练的人都会知道，除了“色”字更具体之外，全句声音上要好听得多。原来全句六个平声字，声音太飘，改一个声音沉重的“色”字，一下子就扳过来了。写小说不比写诗词，不能有那样严的格律，但不能不追求语言的声音美，要训练自己的耳朵。一个写小说的人，如果学写一点旧诗、曲艺、戏曲的唱词，是有好处的。

外国话没有四声，但有类似中国的双声叠韵。高尔基曾批评一个作家的作品，说他用“咝”音的字太多，很难听。

中国语言里还有对仗这个东西。

中国旧诗用五七言，而文章中多用四六字句。骈体文固然是这样，骈四俪六；就是散文也是这样。尤其是四字句。四字句多，几乎成了汉语的一个特色。没有一篇文章找不出大量的四字句。如果有意避免四字句，便会形成一种非常奇特的拗体，适当地运用一些四字句，可以造成文章的稳定感。

我们现在写作时所用的语言，绝大部分是前人已经用过，在文章里写过的。有的语言，如果知道它的来历，便会产生联想，使这一句话有更丰富的意义。比如毛主席的诗：“落花时节读华章”，如果不知出处，“落花时节”，就只是落花的时节。如果读过杜甫的诗“岐王宅里寻常见，崔九堂前几度闻。正是江南好风景，落花时节又逢君”，就会知道“落花时节”就包含着久别重逢的意思，就可产生联想。《沙家浜》里有两句唱词：“垒起七星灶，铜壶煮三江”，是从苏东坡的诗“大瓢贮月归春瓮，小杓分江入夜瓶”脱胎出来的。我们许多的语言，自觉或不自觉地，都是从前人的语言中脱胎而出的。如果平日留心，积学有素，就会如有源之水，触处成文。否则就会下笔枯窘，想要用一个词句，一时却找它不出。

语言是要磨炼，要学的。

怎样学习语言？——随时随地。

首先是向群众学习。

我在张家口听见一个饲养员批评一个有点个人英雄主义的组长：“一个人再能，当不了四堵墙。旗杆再高，还得有两块石头夹着。”

我觉得这是很好的语言。

我刚到北京京剧团不久，听见一个同志说：“有枣没枣打三竿，你知道哪块云彩里有雨啊？”

我觉得这也是很好的语言。

一次，我回乡，听家乡人谈过去运河的水位很高，说是站在河堤上可以“踢水洗脚”，我觉得这非常生动。

我在电车上听见一个幼儿园的孩子念一首大概是孩子们自己编的儿歌：

山上有个洞，
洞里有个碗，
碗里有块肉，
你吃了，我尝了，
我的故事讲完了！

他翻来覆去地念，分明从这种语言的游戏里得到很大的快乐。我反复地听着，也能感受到他的快乐。我觉得这首几乎是没有意义的儿歌的音节很美。我也琢磨出中国语言除了押韵之外还可以押调。“尝”“完”并不押韵，但是同是阳平，放在一起，产生一种很好玩的音乐感。

《礼记》的《月令》写得很美。

各地的“九九歌”是非常好的诗。

只要你留心，在大街上，在电车上，从人们的谈话中，从广告招贴上，你每天都能学到几句很好的语言。

其次是读书。

我要劝告青年作者，趁现在还年轻，多背几篇古文，背几首诗词，熟读一些现代作家的作品。

即使是看外国的翻译作品，也注意它的语言。我是从契诃夫、海明威、萨洛扬的语言中学到一些东西的。

读一点戏曲、曲艺、民歌。

我在《说说唱唱》当编辑的时候，看到一篇来稿，一个小戏，人物是一个小炉匠，上场念了两句对子：

风吹一炉火，

锤打万点金。

我觉得很美。

一九四七年，我在上海翻看一本老戏考，有一段滩簧，一个旦角上场唱了一句：

春风弹动半天霞。

我大为惊异：这是李贺的诗！

二十多年前，看到一首傣族的民歌，只有两句，至今忘记不了：

斧头砍过的再生树，

战争留下的孤儿。

巴甫连柯有一句名言："作家是用手思索的。"得不断地写，才能扪触到语言。老舍先生告诉过我，说他有的写，没的写，每天至少要写五百字。有一次我和他一同开会，有一位同志做了一个冗长而空洞的发言，老舍先生似听不听，他在一张纸上把几个人的姓名连缀在一起，编了一副对联：

伏园焦菊隐

老舍黄药眠

一个作家应该从语言中得到快乐，正像电车上那个念儿歌的孩子一样。

董其昌见一个书家写一个便条也很用心，问他为什么这样，这位书家说："即此便是练字。"作家应该随时锻炼自己的语言，写一封信，一个便条，甚至是一个检查，也要力求语言准确合度。

鲁迅的书信、日记，都是好文章。

语言学中有一个术语，叫作“语感”。作家要锻炼自己对于语言的感觉。

王安石曾见一个青年诗人写的诗，绝句，写的是在宫廷中值班，很欣赏。其中的第三句是：“日长奏罢长杨赋”，王安石给改了一下，变成“日长奏赋长杨罢”，且说：“诗家语必此等乃健。”为什么这样一改就“健”了呢？写小说的，不必写“日长奏赋长杨罢”这样的句子，但要能体会如何便“健”。要能体会峭拔、委婉、流利、安详、沉痛……

建议青年作家研究研究老作家的手稿，琢磨他为什么改两个字，为什么要把那两个字颠倒一下。

“如鱼饮水，冷暖自知”，语言艺术有时是可以意会，难于言传的。

揉面

使用语言，譬如揉面。面要揉到了，才软熟，筋道，有劲儿。水和面粉本来是两不相干的，多揉揉，水和面的分子就发生了变化。写作也是这样。下笔之前，要把语言在手里反复团弄。我的习惯是，打好腹稿。我写京剧剧本，一段唱词，二十来句，我是想得每一句都能背下来，才落笔的。写小说，要把全篇大体想好。怎样开头，怎样结尾，都想好。在写每一段之间，我是想得几乎能背下来，才写的（写的时候自然会又有些变化）。写出后，如果不满意，我就把原稿扔在一边，重新写过。我不习惯在原稿上涂改。在原稿上涂改，我觉得很别扭，思路纷杂，文气不贯。

曾见一些青年同志写作，写一句，想一句。我觉得这样写出来的语言往往是松的，散的，不成“个儿”，没有咬劲。

有一位评论家说我的语言有点特别，拆开来看，每一句都很平淡，放在一起，就有点味道。我想谁的语言不是这样？拆开来，不都是平平常常的话？

中国人写字，除了书法，还讲究“行气”。包世臣说王羲之的字，看起来大大小小，单看一个字，也不见怎么好，放在一起，字的笔画之间，字与字之间，就如“老翁携带幼孙，顾盼有情，痛痒相关”。安排语言，也是这样。一个词，一个词；一句，一句；痛痒相关，互相映带，才能姿势横生，气韵生动。

中国人写文章讲究“文气”，这是很有道理的。

自铸新词

托尔斯泰称赞过这样的语言："菌子已经没有了，但是菌子的气味留在空气里"，以为这样写得很美。好像是屠格涅夫曾经这样描写一棵大树被伐倒："大树叹息着，庄重地倒下了。"这写得非常真实。"庄重"真好！我们来写，也许会写出"慢慢地倒下""沉重地倒下"，写不出"庄重"。鲁迅的《药》这样描写枯草："枯草支支直立，有如铜丝。"大概还没有一个人用"铜丝"来形容过稀疏瘦硬的秋草。《高老夫子》里有这样几句话："我没有再教下去的意思。女学堂真不知道要闹成什么样子。我辈正经人，确乎犯不上酱在一起……""酱在一起"，真是妙绝（高老夫子是绍兴人。如果写的是北京人，就只能说"犯不上一块掺和"，那味道可就差远了）。

我的老师沈从文在《边城》里两次写翠翠拉船，所用字眼不一样。一次是：

有时过渡的是从川东过茶峒的小牛，是羊群，是新娘子的花轿，翠翠必争着做渡船夫，站在船头，懒懒地攀引缆索，让船缓缓地过去。

又一次：

翠翠斜睨了客人一眼，见客人正盯着她，便把脸背过去，抿着嘴儿，不声不响，很自负地拉着那条横缆。

“懒懒地”“很自负地”，都是很平常的字眼，但是没有人这样用过。要知道盯着翠翠的客人是翠翠喜欢的傩送二老，于是“很自负地”四个字在这里就有了很多很深的意思了。

我曾在一篇小说里描写过火车的灯光：“车窗蜜黄色的灯光连续地映在果园东边的树墙子上，一方块，一方块，川流不息地追赶着”；在另一篇小说里描写过夜里的马：“正在安静地、严肃地咀嚼着草料”，自以为写得很贴切。“追赶”“严肃”都不是新鲜字眼，但是它表达了我自己在生活中捕捉到的印象。

一个作家要养成一种习惯，时时观察生活，并把自己的印象用清晰的、明确的语言表达出来。写下来也可以。不写下来，就记住（真正用自己的眼睛观察到的印象是不易忘记的）。记忆里保存了这种常用语言固定住的印象多了，写作时就会从笔端流出，不觉吃力。

语言的独创，不是去杜撰一些"谁也不懂的形容词之类"。好的语言都是平平常常的，人人能懂，并且也可能说得出来的语言——只是他没有说出来。人人心中所有，笔下所无。"红杏枝头春意闹""满宫明月梨花白"都是这样。"闹"字、"白"字，有什么稀奇呢？然而，未经人道。

写小说不比写散文诗，语言不必那样精致。但是好的小说里总要有一点散文诗。

语言要和人物贴近

我初学写小说时喜欢把人物的对话写得很漂亮，有诗意，有哲理，有时甚至很"玄"。沈从文先生对我说："你这是两个聪明脑壳打架！"他的意思是说这不像真人说的话。托尔斯泰说过："人是不能用警句交谈的。"

尼采的"苏鲁支语录"是一个哲人的独白。纪伯伦的《先知》讲的是一些箴言。这都不是人物的对话。《朱子语类》

是讲道德，谈学问，倒是谈得很自然，很亲切，没有那么多道学气，像一个活人说的话。我劝青年同志不妨看看这本书，从里面可以学习语言。

《史记》里用口语记述了很多人的对话，很生动。“伙颐，涉之为王沉沉者！”写出了陈涉的乡人乍见皇帝时的惊叹(“伙颐”历来的注家解释不一，我以为这就是一个状声的感叹词，用现在的字写出来就是：“嗬咦！”)。《世说新语》里记录了很多人的对话，寥寥数语，风度宛然。张岱记两个老者去逛一处林园，婆娑其间，一老者说：“真是蓬莱仙境了也！”另一个老者说：“个边哪有这样！”生动之至，而且一听就是绍兴话。《聊斋志异·翩翩》写两个少妇对话：“一日，有少妇笑入！曰：‘翩翩小鬼头快活死！薛姑子好梦几时做得？’女迎笑曰：‘花城娘子，贵趾久弗涉，今日西南风紧，吹送来也——小哥子抱得未？’曰：‘又一小婢子。’女笑曰：‘花娘子瓦窖哉！——那弗将来？’曰：‘方呜之，睡却矣。’”这对话是用文言文写的，但是神态跃然纸上。

写对话就应该这样，普普通通，家长里短，有一点人物性格、神态，不能有多少深文大义。——写戏稍稍不同，戏剧的对话有时可以“提高”一点，可以讲一点“字儿话”，大篇大论，讲一点哲理，甚至可以说格言。

可是现在不少青年同志写小说时，也像我初学写作时一样，喜欢让人物讲一些他不可能讲的话，而且用了很多辞藻。有的小说写农民，讲的却是城里的大学生讲的话，——大学生也未必那样讲话。

不单是对话，就是叙述、描写的语言，也要和所写的人物"靠"。

我最近看了一个青年作家写的小说，小说用的是第一人称，小说中的"我"是一个才入小学的孩子，写的是"我"的一个同桌的女同学，这未尝不可。但是这个"我"对他的小同学的印象却是："她长得很纤秀。"这是不可能的。小学生的语言里不可能有这个词。

有的小说，是写农村的。对话是农民的语言，叙述却是知识分子的语言，叙述和对话脱节。

小说里所描写的景物，不但要是作者眼中所见，而且要是所写的人物的眼中所见。对景物的感受，得是人物的感受。不能离开人物，单写作者自己的感受。作者得设身处地，和人物感同身受。小说的颜色、声音、形象、气氛，得和所写的人物水乳交融，浑然一体。就是说，小说的每一个字，都渗透了人物。写景，就是写人。

契诃夫曾听一个农民描写海，说："海是大的。"这很美。一个农民眼中的海也就是这样。如果在写农民的小说中，有海，说海是如何苍茫、浩瀚、蔚蓝……统统都不对。我曾经坐火车经过张家口坝上草原，有几里地，开满了手掌大的蓝色的马兰花，我觉得真是到了一个童话的世界。我后来写一个孩子坐牛车通过这片地，本是顺理成章，可以写成：他觉得到了一个童话的世界。但是我不能这样写，因为这个孩子是个农村的孩子，他没有念过书，在他的语言里没有"童话"这样的概念。我只能写：他好像在一个梦里。我写一个从山里来的放羊的孩子看一个农业科学研究所的温室，温室里冬天也结黄瓜，结西红柿：西红柿那样红，黄瓜那样绿，好像上了颜色一样。我只能这样写。"好像上了颜色一样"，这就是这个放羊娃的感受。如果稍微写得华丽一点，就不真实。

有的作者有鲜明的个人风格，可以不用署名，一看就知是某人的作品。但是他的各篇作品的风格又不一样。作者的语言风格每因所写的人物、题材而异。契诃夫写《万卡》和写《草原》《黑修士》所用的语言是很不相同的。作者所写的题材愈广泛，他的风格也是愈易多样。

我写《徙》里用了一些文言的句子，如"呜呼，先生之泽远矣""墓草萋萋，落照昏黄，歌声犹在，斯人邈矣"。因为写的是一个旧社会的国文教员。写《受戒》《大淖记事》，就不能用这样的语言。

作者对所写的人物的感情、态度，决定一篇小说的调子，也就是风格。鲁迅写《故乡》《伤逝》和《高老夫子》《肥皂》的感情很不一样。对闰土、涓生有深浅不同的同情，而对高尔础、四铭则是不同的厌恶。因此，调子也不同。高晓声写《拣珍珠》和《陈奂生上城》的调子不同，王蒙的《说客盈门》和《风筝飘带》几乎不像是一个人写的。我写的《受戒》《大淖记事》，抒情的成分多一些，因为我很喜爱所写的人，《异秉》里的人物很可笑，也很可悲悯，所以文体上也就亦庄亦谐。

我觉得一篇小说的开头很难，难的是定全篇的调子。如果对人物的感情、态度把握住了，调子定准了，下面就会写得很顺畅。如果对人物的感情、态度把握不稳，心里没底，或是有什么顾虑，往往就会觉得手生荆棘，有时会半途而废。

作者对所写的人、事，总是有个态度，有感情的。在外国叫作“倾向性”，在中国叫作“褒贬”。但是作者的态度、感情不能跳出故事去单独表现，只能融化在叙述和描写之中，流露于字里行间，这叫作“春秋笔法”。

正如恩格斯所说：倾向性不要特别地说出。

两栖杂述

我是两栖类。写小说，也写戏曲。我本来是写小说的。二十年来在一个京剧院担任编剧。近二三年又写了一点短篇小说。我过去的朋友听说我写京剧，见面时说：“你怎么会写京剧呢？——你本来是写小说的，而且是有点‘洋’的！”他觉得这简直不可思议。有些新相识的朋友，看过我近年的小说后，很诚恳地跟我说：“您还是写小说吧，写什么戏呢！”他们都觉得小说和戏——京剧，是两码事，而且多多少少有点觉得我写京剧是糟蹋自己，为我惋惜。我很感谢他们的心意。有些戏曲界的先辈则希望我还是留下来写戏，当我表示我并不想离开戏曲界时，就很高兴。我也很感谢他们的心意。曹禺同志有一次跟我说：“你还是双管齐下吧！”我接受了他的建议。

我小时候没有想过写戏，也没有想过写小说。我喜欢画画。

我的父亲是个画画的，在我们那个县城里有点名气。我从小就喜欢看他画画。每当他把画画的那间屋子打开（他不常画画），支上窗户，我就非常高兴。我看他研了颜色，磨了墨，铺好了纸；看他抽着烟想了一会儿，对着雪白的宣纸看了半天，用指甲或笔杆的一头在纸上比画比画，画几个道道，定了一幅画的间架章法，然后画出几个“花头”（父亲是画写意花卉的），然后画枝干、布叶、勾筋、补石、点苔，最后再“收拾”一遍，题款，用印，用摁钉钉在壁上，抽着烟对着它看半天。我很用心地看了全过程，每一步都看得很有兴趣。

我从小学到中学，都“以画名”。我父亲有一些石印的和珂罗版印的画谱，我都看得很熟了。放学回家，路过裱画店，我都要进去看看。

高中毕业，我本来是想考美专的。

我到四十来岁还想彻底改行，从头学画。

我始终认为用笔、墨、颜色来抒写胸怀，更为直接，也更快乐。

我到底没有成为一个画家。

到现在我还有爱看画的习惯，爱看展览会。有时兴之所至，特别是运动中挨整的时候，还时常随便涂抹几笔，发泄发泄。

喜欢画，对写小说，也有点好处。一个是，我在构思一篇小说的时候，有点像我父亲画画那样，先有一团情致，一种意向。然后定间架、画“花头”、立枝干、布叶、勾筋……一个是，可以锻炼对于形体、颜色、“神气”的敏感。我以为，一篇小说，总得有点画意。

我是怎样写起小说来的呢?

除了画画，我的“国文”成绩一直很好。从小学五年级到初中三年级，我的国文老师一直是高北溟先生。为了纪念他，我的小说《徙》里直接用了高先生的名字。他的为人、学问和教学的方法也就像我的小说里所写的那样，——当然不尽相同，有些地方是虚构的。在他手里，我读过的文章，印象最深的是归有光的《项脊轩志》《先妣事略》。

有几个暑假，我还从韦子廉先生学习过。韦先生是专攻桐城派的。我跟着他，每天背一篇桐城派古文。姚鼐的、方苞的、刘大櫆和戴名世的。加在一起，不下百十篇。

到现在，还可以从我的小说里看出归有光和桐城派的影响。归有光以清淡之笔写平常的人情，我是喜欢的（虽然我不喜欢他的正统派思想），我觉得他有些地方很像契诃夫。“桐城义法”，我以为是有道理的。桐城派讲究文章的提、放、断、连、疾、徐、顿、挫，讲“文气”。正如中国画讲“血脉流通”“气韵生动”。我以为“文气”是比“结构”更为内在、更精微的概念，和内容、思想更有有机联系。这是一个很好的、很先进的概念，比许多西方现代美学的概念还要现代的概念。文气是思想的直接的形式。我希望评论家能把“文气论”引进小说批评中来，并且用它来评论外国小说。

我好像命中注定要当沈从文先生的学生。

我读了高中二年级以后，日本人打了邻县，我“逃难”在乡下，住在我的小说《受戒》里所写的小和尚庵里。除了高中教科书，我只带了两本书，一本屠格涅夫的《猎人笔记》，一本上海一家野鸡书店盗印的《沈从文小说选》。我于是翻来覆去地看这两本书。

我到昆明考大学，报了西南联大中国文学系，就是因为这个大学中文系有朱自清先生、闻一多先生，还有沈先生。

我选读了沈先生的三门课：“各体文习作”“中国小说史”和“创作实习”。

我追随沈先生多年，受到教益很多，印象最深的是两句话。

一句是：“要贴到人物来写。”

他的意思不大好懂。根据我的理解，有这样几层意思：

第一，小说是写人物的。人物是主要的，先行的。其余部分都是次要的，派生的。作者要爱所写的人物。沈先生曾说过，对于兵士和农民“怀了不可言说的温爱”。“温爱”，我觉得提得很好。他不说“热爱”，而说“温爱”，我以为这更能准确地说明作者和人物的关系。作者对所写的人物要具有充满人道主义的温情，要有带抒情意味的同情心。

第二，作者要和人物站在一起，对人物采取一个平等的态度。除了讽刺小说，作者对于人物不宜居高临下。要用自己的心贴近人物的心，以人物哀乐为自己的哀乐。这样才能在写作的大部分的过程中，把自己和人物融为一体，语语出自自己的肺腑，也是人物的肺腑。这样才不会做出浮泛的、不真实的、概念的和抄袭借用来的描述。这样，一个作品的形成，才会是人物行动逻辑自然的结果。这个作品是“流”出来的，而不是“做”出来的。人物的身上没有作者为了外在的目的强加于他身上的东西。

第三，人物以外的其他的东西都是附属于人物的。景物、环境，都得服从于人物，景物、环境都得具有人物的色彩，不能脱节，不能游离。一切景物、环境、声音、颜色、气味，都必须是人物所能感受到的。写景，就是写人，是写人物对于周围世界的感觉。这样，才会使一篇作品处处浸透了人物，散发着人物的气息，在不是写人物的部分有人物。

另外一句话是："千万不要冷嘲。"

这是对于生活的态度，也是写作的态度。我在旧社会，因为生活的穷困和卑屈，对于现实不满而又找不到出路，又读了一些西方的现代派的作品，对于生活形成一种带有悲观色彩的尖刻、嘲弄、玩世不恭的态度。这在我的一些作品里也有所流露。沈先生发觉了这点，在昆明时就跟我讲过；我到上海后，又写信给我讲到这点。他要求的是对于生活的"执着"，要对生活充满热情，即使在严酷的现实面前，也不能觉得"世事一无可取，也一无可为"。一个人，总应该用自己的工作，使这个世界更美好一些，给这个世界增加一点好东西。在任何逆境之中也不能丧失对于生活带有抒情意味的情趣，不能丧失对于生活的爱。沈先生在下放咸宁干校时，还写信给黄永玉，说："这里的荷花真好！"沈先生八十岁了，还每天工作十几个小时，完成《中国服饰研究》这样的巨著，就是靠这点对于生活的执着和热情支持着的。

沈先生的这句话对我的影响很深。

我是怎样写起京剧剧本来的呢?

我从小爱看京剧,也爱唱唱。我父亲会拉胡琴,我初中一年级的时候就随着他的胡琴唱戏,唱老生,也唱青衣。到读大学时还唱。有个广东同学听到我唱戏,就说:“丢那妈,猫叫!”

因为读的是中文系,我后来又学唱了昆曲。

我喜欢看戏,看京剧,也爱看地方戏,特别爱看川剧。

我没有想到过写戏曲剧本。

因为当编辑,编《说说唱唱》,想写作,又下不去,没有生活,不免发牢骚。那年恰好是纪念世界名人吴敬梓,有人就建议我在《儒林外史》里找一个题材,写写京剧剧本,我就写了一个《范进中举》。这个剧本演出了,还在北京市戏曲会演中得了一个奖。

搞文学的人是不大看得起京剧的。

这也难怪。京剧的文学性确实是很差,很多剧本简直是不知所云。前几个月,我在北京,每天到玉渊潭散步,每天听一个演员在练《珠帘寨》的定场诗:

李白斗酒诗百篇，
长安市上酒家眠。
摔死国舅段文楚，
唐王一怒贬北番！

李克用和李太白有什么关系呢？

《花田错》里有一句唱词：

桃花不比杏花黄……

桃花不黄，杏花也不黄呀！

可是，京剧毕竟是我们的文化遗产呀！而且，就是京剧，也有些很好的东西。比如大家都知道的《四进士》，用了那样多的典型的细节，刻画了宋士杰这样一个独特的人物，这就不用说了。我以为这出戏放在世界戏剧名作之林中，是毫不逊色的。再如《打渔杀家》里萧恩和桂英离家时的对话：

萧恩：开门哪。（出门介）
桂英：爹爹请转。

萧恩：儿呀何事？

桂英：这门还未曾上锁呢。

萧恩：这门喏，关也罢不关也罢。

桂英：里面还有许多动用家具呢。

萧恩：傻孩子呀，门都不要了，要家具作甚哪！

桂英：不要了？

萧恩：不省事的冤家呀……

我觉得这是小说，很好的小说。我觉得写小说的，也是可以从戏曲里学到很多东西的。

戏曲、京剧，有些手法好像是旧。但是中国人觉得它很旧，外国人觉得它很新。比如“自报家门”，这就比用整整一幕戏来介绍人物省事得多。比如布莱希特的“间离效果”说，是受了中国戏曲的启发而提出来的，这很新呀！

我觉得我们不要妄自菲薄，数典忘祖。我们要“以故为新”，从遗产中找出新的东西来，特别是搞西方现代派的同志，我建议他们读一点旧文学，用比较文学的方法研究研究中国的古典文学。我总是希望能把古今中外熔为一炉。

我搞京剧，有一个想法，很想提高一下京剧的文学水平，提高其可读性，想把京剧变成一种现代艺术，可以和现代文学作品放在一起，使人们承认它和王蒙的、高晓声的、林斤澜的、邓友梅的小说是一个水平的东西，只不过形式不同。

搞搞京剧还有一个好处，即知道戏和小说是两种东西（当然又是相通的）。戏要夸张，要强调；小说要含蓄，要淡远。李笠翁说写诗文不可说尽，十分只能说二三分；写戏剧必须说尽，十分要说到十分。这是很有见地的话。托尔斯泰说人是不能用警句交谈的，这是指的小说；戏里的人物是可以用警句交谈的。因此，不能把小说写得像戏，不能有太多情节、太多的戏剧性。如果写的是一篇戏剧性很强的小说，那你不如干脆写成戏。

以上是一个两栖类的自白。

除了搞戏，我还搞过曲艺，编过《说说唱唱》；搞过民间文学，编了好几年《民间文学》。“文革”以后，我发表的第一篇作品不是小说，而是民间文学的论文，而且和甘肃有点关系，是《“花儿”的格律》。我觉得这对写小说没有坏处。特别是民间文学，那真是一个宝库。我甚至可以武断地说，不读一点民歌和民间故事，是不能成为一个好小说家的。

我这个两栖类，这个“杂家”有点什么经验？一个是要尊重、热爱祖国的文学艺术传统；一个是兼收并蓄，兴趣更广泛一些，知识更丰富一些。

我希望有更多的两栖类，希望诗人、小说家都来写写戏曲。

我是怎样和戏曲结缘的

有一位老朋友，三十多年不见，知道我在京剧院工作，很诧异，说："你本来是写小说的，而且是有点'洋'的，怎么会写起京剧来呢？"我来不及和他详细解释，只是说："这并不矛盾。"

我们家乡是个小县城，没有什么娱乐。除了过节，到亲戚家参加婚丧庆吊，便是看戏。小时候，只要听见哪里锣鼓响，总要钻进去看一会儿。

我看过戏的地方很多，给我留下较深的印象的，是两处。

一处是螺蛳坝。坝下有一片空场子。刨出一些深坑，植上粗大的杉篙，铺了木板，上面盖一个席顶，这便是戏台。坝前有几家人家，织芦席的，开茶炉的……门外都有相当宽绰的瓦棚。这些瓦棚里的地面用木板垫高了，摆上长凳，这便是“座”。——不就座的就都站在空地上仰着头看。有一年请来一个比较整齐的戏班子。戏台上点了好几盏雪亮的汽灯，灯光下只见那些簇新的行头，五颜六色，金光闪闪，煞是好看。除了《赵颜借寿》《八百八年》等开锣吉祥戏，正戏都唱了些什么，我已经模糊了。印象较真切的，是一出《小放牛》，一出《白水滩》。我喜欢《小放牛》的村姑的一身装束，唱词我也大部分能听懂。像“我用手一指，东指西指，南指北指，杨柳树上挂着一个大招牌……”“杨柳树上挂着一个大招牌”，到现在我还认为写得很美。这是一幅画，提供了一个春风骀荡的恬静的意境。我常想，我自己的唱词要是能写得像这样，我就满足了。《白水滩》这出戏，我觉得别具一种诗意，有一种凄凉的美。十一郎的扮相很美。我写的《大淖记事》里的十一子，和十一郎是有着某种潜在的联系的。可以说，如果我小时候没有看过《白水滩》，就写不出后来的十一子。这个戏班里唱青面虎的花脸很能摔。他能接连摔好多个“踝子”。每摔一个，台下叫好。他就跳起来摘一个“红封”揣进怀里。——台上横拉了一根铁丝，铁丝上挂了好些包着红纸的“封子”，内装铜钱或银角子。凡演员得一个“好”，就可以跳起来摘一封。另外还有一出，是《九更天》。演《九更天》那天，开戏前即将钉板竖在台口，还要由一个演员把一只活鸡拽钉在板上，以示铁钉的锋利。那是很恐怖的。但我对这出戏兴趣不大，一个老头儿，光着上身，抱了一只钉板在台上滚来滚去，实在说不上美感。但是台下可“炸了窝”了！

另一处是泰山庙。泰山庙供着东岳大帝。这东岳大帝不是别人，是《封神榜》里的黄霓。东岳大帝坐北朝南，大殿前有一片很大的砖坪，迎面是一个戏台。戏台很高，台下可以走人。每逢东岳大帝的生日，——我记不清是几月了，泰山庙都要唱戏。约的班子大都是里下河的草台班子，没有名角，行头也很旧。旦角的水袖上常染着洋红水的点子——这是演《杀子报》时的“彩”溅上去的。这些戏班，没有什么准纲准词，常常由演员在台上随意瞎扯。许多戏里都无缘无故出来一个老头，一个老太太，念几句数板，而且总是那几句：

人老了，人老了，
人老先从哪块老？
人老先从头上老：
白头发多，黑头发少。

人老了，人老了，
人老先从哪块老？
人老先从牙齿老：
吃不动的多，吃得动的少。

他们的京白、韵白都带有很重的里下河口音，而且很多戏里都要跑鸡毛报：两个差人，背了公文卷宗，在台上没完没了地乱跑一气。里下河的草台班子受徽戏影响很大，他们常唱《扫松下书》。这是一出冷戏，一到张广才出来，台下观众就都到一边喝豆腐脑去了。他们又受了海派戏的影响，什么戏都可以来一段“五音联弹”——“催战马，来到沙场，尊声壮士把名扬……”他们每一“期”都要唱几场《杀子报》。唱《杀子报》的那天，看戏是要加钱的，因为戏里的闻（文？）太师要勾金脸。有人是专为看那张金脸才去的。演闻太师的花脸很高大，嗓音也响。他姓颜，观众就叫他颜大花脸。我有一天看见他在后台栏杆后面，勾着脸——那天他勾的是包公，向台下水锅的方向，大声喊叫：“××！打洗脸水！”从他的洪亮的嗓音里，我感觉到草台班子演员的辛酸和满腹不平之气。我一生也忘记不了。

我的大伯父有一架保存得很好的留声机，——我们那里叫作“洋戏”，还有一柜子同样保存得很好的唱片。他有时要拿出来听听，——大都是阴天下雨的时候。我一听见留声机响了，就悄悄地走进他的屋里，聚精会神地坐着听。他的唱片里最使我感动的是程砚秋的《金锁记》和杨小楼的《林冲夜奔》。几声小镲，“啊哈！数尽更筹，听残银漏……”杨小楼的高亢脆亮的嗓子，使我感到一种异样的悲凉。

我父亲是个多才多艺的人，他会画画，会刻图章，还会弄乐器。他年轻时曾花了一笔钱到苏州买了好些乐器，除了笙箫管笛、琵琶月琴，连唢呐海笛都有，还有一把拉梆子戏的胡琴。他后来别的乐器都不大玩了，只是拉胡琴。他拉胡琴是“留学生”——跟着留声机唱片拉。他拉，我就跟着学唱。我学会了《坐宫》《起解·玉堂春》《汾河湾》《霸王别姬》……我是唱青衣的，年轻时嗓子很好。

初中，高中，一直到大学一年级时，都唱。西南联大的同学里有一些“票友”，有几位唱得很不错的。我们有时在宿舍里拉胡琴唱戏，有一位广东同学，姓郑，一听见我唱，就骂：“丢那妈！猫叫！”

大学二年级以后，我的兴趣转向唱昆曲。在陶重华等先生的倡导下，云南大学成立了一个曲社，参加的都是云大和联大中文系的同学。我们于是“拍”开了曲子。教唱的主要是陶先生，吹笛的是云大历史系的张中和先生。从《琵琶记·南浦》《拜月记·走雨》开蒙，陆续学会了《游园·惊梦》《拾画·叫画》《哭像》《闻铃》《扫花》《三醉》《思凡》《折柳·阳关》《瑶台》《花报》……大都是生旦戏。偶尔也学两出老生花脸戏，如《弹词》《山门》《夜奔》……在曲社的基础上，还时常举行“同期”。参加“同期”的除同学外，还有校内校外的老师、前辈。常与“同期”的，有陶光（重华）。他是唱“冠生”的，《哭像》《闻铃》均极佳，《三醉》曾受红豆馆主亲传，唱来尤其慷慨淋漓，植物分类学专家吴征镒，他唱老生，气大声洪，能把《弹词》的“九转”一气唱到底，还爱唱《疯僧扫秦》；张中和和他的夫人孙凤竹常唱《折柳·阳关》，极其细腻；生物系的教授崔芝兰（女），她似乎每次都唱《西楼记》；哲学系教授沈有鼎，常唱《拾画》，咬字讲究，有些过分；数学系教授许宝騄，我的《刺虎》就是他亲授的；我们的系主任罗莘田先生有时也来唱两段；此外，还有当时任航空公司经理的查阜西先生，他兴趣不在唱，而在研究乐律，常带了他自制的十二平均律的钢管笛子来为人伴奏；还有一位世事洞明、人情练达、童心犹在、风趣非常的老人许茹香，每“期”必到。许家是昆曲世家，他能戏极多，而且“能打各省乡谈”，苏州话、扬州话、绍兴话都说得很好。他唱的都是别人不唱的戏，如《花判》《下山》。他甚至能唱《绣襦记》的《教歌》。还有一位衣履整洁的先生，我忘记他的姓名了。他爱唱《山门》。他是个聋子，唱起来随时跑调，但是张中和先生的笛子居然能随着他一起“跑”！

参加了曲社，我除学了几出昆曲，还酷爱上了吹笛，——我原来就会吹一点。我常在月白风清之夜，坐在联大“昆中北院”的一棵大槐树暴出地面的老树根上，独自吹笛，直至半夜。同学里有人说：“这家伙是个疯子！”

抗战胜利后，联大分校北迁，大家各奔前程，曲社“同期”也就风流云散了。

一九四九年以后，我就很少唱戏，也很少吹笛子了。

我写京剧，纯属偶然。我在北京市文联当了几年编辑，心里可一直想写东西。那时写东西必须“反映现实”，实际上是“写政策”，必须“下去”，才有东西可写。我整天看稿、编稿，下不去，也就写不成，不免苦闷。那年正好是纪念世界名人吴敬梓，王亚平同志跟我说：“你下不去，就从《儒林外史》里找一个题材编一个戏吧！”我听从了他的建议，就改了一出《范进中举》。这个剧本在文化局戏剧科的抽屉里压了很长时间，后来是王昆仑同志发现，介绍给奚啸伯演出了。这个戏还在北京市戏曲会演中得了剧本一等奖。

我参加戏曲工作，是有想法的。在一次齐燕铭同志主持的座谈会上，我曾经说：“我搞京剧，是想来和京剧闹一阵别扭的。”简单地说，我想把京剧变成“新文学”。更直截了当地说：我想把现代思想和某些现代派的表现手法引进到京剧里来。我认为中国的戏曲本来就和西方的现代派有某些相通之处。主要是戏剧观。我认为中国戏曲的戏剧观和布莱希特以后的各流派的戏剧观比较接近。戏就是戏，不是生活。中国的古代戏曲有一些西方现代派的手法（比如《南天门》《乾坤福寿镜》《打棍出箱》《一匹布》……），只是发挥得不够充分。我就是想让它得到更多的发挥。我的《范进中举》的最后一场就运用了一点心理分析。我刻画了范进发疯后的心理状态，从他小时读书、逃学、应考、不中、被奚落，直到中举，做了主考，考别人：“我这个主考最公道，订下章程有一条：年未满五十，一概都不要，本道不取嘴上无毛！……”我想把传统和革新统一起来，或者照现在流行的话说：在传统与革新之间保持一种张力。

我说了这一番话，可以回答我在本文一开头提到的那位阔别三十多年的老朋友的疑问。

我写京剧，也写小说。或问：你写戏，对写小说有好处吗？我觉得至少有两点。

一是想好了再写。写戏，得有个总体构思，要想好全剧，想好各场。各场人物的上下场，各场的唱念安排。我写唱词，即使一段长到二十句，我也是每一句都想得能够成诵，才下笔的。这样，这一段唱词才是“整”的，有层次，有起伏，有跌宕，浑然一体，我不习惯于想一句写一句。这样的习惯也影响到我写小说。我写小说也是全篇、各段都想好，腹稿已具，几乎能够背出，然后凝神定气，一气呵成。

前几天，有几位从湖南来的很有才华的青年作家来访问我，他们指出一个问题：“您的小说有一种音乐感，您是否对音乐很有修养？”我说我对音乐的修养一般。如说我的小说有一点音乐感，那可能和我喜欢画两笔国画有关。他们看了我的几幅国画，说：“中国画讲究气韵生动，计白当黑，这和‘音乐感'是有关系的。"他们走后，我想：我的小说有"音乐感"吗？——我不知道。如果说有，除了我会抹几笔国画，大概和我会唱几句京剧、昆曲，并且写过几个京剧剧本有点关系。有一位评论家曾指出我的小说的语言受了民歌和戏曲的影响，他说得有几分道理。

随笔写生活

新笔记小说是近年出现的文学现象。以前不是没有过，但是写的人不是那样多，刊物上也不似现在这样频繁地出现，没有成为风气。这种现象产生的背景是什么？这说明什么“问题”？我是写过一些这样的小说的，有些篇自己就加了总题或副题：笔记小说。但究竟什么是新笔记小说，我也说不上来。

要问新笔记小说是什么，不如先问问：小说是什么？这个问题问之小说家，大概十个有八个答不出。勉强地说，依我看，小说是一种生活的样式或生命的样式。那么新笔记小说可以说是随笔写下来的一种生活，一种生活或生命的样式。

中国古代的小说，大致有两个传统：唐人传奇和宋人笔记。唐人传奇本是“行卷”，是应试的举子投给当道看的，这样可以博取声名，“扩大影响”。使试官在阅卷前已经有个印象。因为要当道看得有趣，故情节曲折，引人入胜。又欲使当道欣赏其文才，故词句多华丽丰赡。是有意为文。宋人笔记无此功利的目的，只是写给朋友看看，甚至是写给自己看的。《梦溪笔谈》云“所与谈者，唯笔砚耳”，是无意为文。故文笔多平实朴素，然而自有情致。假如用西方的文学概念来套，则唐人传奇是比较浪漫主义的，而宋人笔记则是比较现实主义的。新笔记小说所继承的，是宋人笔记的传统。

新笔记小说的作者大都有较多的生活阅历，经过几番折腾，见过严霜烈日，便于人生有所解悟，不复有那样炽热的激情了。相当多的新笔记小说的感情是平静的，如秋天，如秋水，叙书雍容温雅，渊渊汩汩，孙犁同志可为代表。孙犁同志有些小说几乎淡到没有什么东西，但是语简而情深，比如《亡人逸事》。这样的小说，是不会使人痛哭的，但是你的眼睛会有点潮湿。但也有些笔记小说的感情是相当强烈的，如张石山的《淘井》、王润滋的《三个渔人》。有不少笔记小说是写得滑稽梯突的，使读者读后哭笑不得。多如实，少夸张，然而这样的如实又显得好像极其夸张。这样的感情是所谓“冷隽”。这样，有些笔记小说就接近讽刺文学，带杂文意味。

这在新笔记中占相当大的比重。

笔记小说一般较少抒情，然而何立伟的《小城无故事》却是一首抒情诗。然而，你不能说这不是新笔记小说。阿成的《年关六赋》是风俗画。贾平凹的《游寺耳记》是小说吗？是“笔记小说”吗？这是一篇游记，一篇散文。然而“笔记”和“散文”从来就是“撕掳不开”的，笔记小说多半有点散文化。孙犁同志的小说在发表前有编辑问过他：“您这是小说还是散文？”孙犁答曰：“小说！小说！”我们要不要把《游寺耳记》从“新笔记小说”中开除出去？不一定吧。高晓声的《摆渡》是寓言。矫健的《圆环》可以说是一篇哲学论文。

如此说来，“新笔记小说”从内到外，初无定质，五花八门，无所不包了？

好像是这样。这也是“新笔记小说”的特点。“新笔记”的天地是非常广阔的。

“新笔记小说”很难界定。这是一个宽泛的、含混的概念，但是又不是“宽大无边”。作者和编者读者心目中有那么一种东西，有人愿意写，写就是了。有人愿意看，看就是了。

有一个也许叫人困惑的问题：新笔记小说和“主旋律”

的关系。一般说来，大部分新笔记小说大概不能算是主旋律吧？不是主旋律，那么是什么？次旋律？亚旋律？它和主旋律的关系是什么？也不必管它吧。有人愿意写，写就是了。有人愿意看，看就是了。

认识到的和没有认识的自己

作家需要评论家。作家需要认识自己。“文章千古事，得失寸心知。”但是一个作家对自己为什么写，写了什么，怎么写的，往往不是那么自觉的。经过评论家的点破，才会更清楚。作家认识自己，有几宗好处。一是可以增加自信，我还是写了一点东西的。二是可以比较清醒，知道自己吃几碗干饭，可以心平气和，安分守己，不去和人抢行情，争座位。更重要的，认识自己是为了超越自己，开拓自己，突破自己。我应该还能搞出一点新东西，不能就是这样，磨道里的驴，老围着一个圈子转。认识自己，是为了寻找还没有认识的自己。

我大概算是一个现实主义的作家。现实主义，本来是简单明了的，就是真实地写自己所看到的生活。后来不知道怎么搞得复杂起来了。大概是苏联提出了社会主义现实主义，而在以前的现实主义的前面加了一个“批判的”。“批判的现实主义”总是不那样好就是了。什么是“社会主义的现实主义”呢？越说越糊涂。本来“社会主义”是一个政治的概念，“现实主义”是文学的概念，怎么能搅在一起呢？什么样的作品是“社会主义现实主义”的呢？标准的作品大概是《金星英雄》。中国也曾经提过社会主义现实主义，后来又修改成革命的现实主义和革命的浪漫主义相结合，叫作“两结合”。怎么结合？我在当了右派分子下放劳动期间，忽然悟通了。有一位老作家说了一句话：有没有浪漫主义是个立场问题。我琢磨了一下，是这么一个理儿。你不能写你看到的那样的生活，不能照那样写，你得“浪漫主义”起来，就是写得比实际生活更美一些，更理想一些。我是真诚地相信这条真理的，而且很高兴地认为这是我下乡劳动、思想改造的收获。我在结束劳动后所写的几篇小说：《羊舍一夕》《看水》《王全》，以及后来写的《寂寞和温暖》，都有这种“浪漫主义”的痕迹。什么是“革命的现实主义和革命的浪漫主义相结合”？咋“结合”？典型的作品，就是“样板戏”。理论则是“主题先行”“三突出”。从“两结合”到“主题先行”“三突出”是历史发展的必然。“主题先行”“三突出”不是有样板戏之后才有的。“十七年”

的不少作品就有这个东西，而其滥觞实为“社会主义现实主义”。我是在样板团工作过的，比较知道一点什么叫“两结合”，什么是某些人所说的“浪漫主义”，那就是不说真话，专说假话，甚至无中生有，胡编乱造。我们曾按江青的要求写一个内蒙草原的戏，四下内蒙，做了调查访问，结果是“老虎闻鼻烟，没有那八宗事”。我们回来向于会泳做了汇报，说没有那样的生活，于会泳答复说：“没有那样的生活更好，你们可以海阔天空。”物极必反。我干了十年样板戏，实在干不下去了。不是有了什么觉悟，而是无米之炊，巧妇难为。没有生活，写不出来，这是最简单不过的事。样板戏实在是把中国文学带上了一条绝径。从某一方面说，这也是好事。十年浩劫，使很多人对一系列问题不得不进行比较彻底的反思，包括四十多年来文学的得失。四人帮倒台后，我真是松了一口气。我可以按照自己的方法写作了。我可以不说假话，我怎么想的，就怎么写。《异秉》《受戒》《大淖记事》等几篇东西就是在摆脱长期的捆绑的情况下写出来的。从这几篇小说里可以感觉出我的鸢飞鱼跃似的快乐。

我写的小说的人和事大都是有一点影子的。有的小说，熟人看了，知道这写的是谁。当然不会一点不走样，总得有些想象和虚构。没有想象和虚构，不成其为文学。纪晓岚是反对小说中加入想象和虚构的。他以为小说里所写的必须是亲眼所见，亲耳所闻：

> 小说既述见闻，即属叙事，不比戏场关目，随意装点。

他很不赞成蒲松龄，他说：

> 今燕昵之词，媟狎之态，细微曲折，摹绘如生。使出自言，似无此理；使出作者代言，则何从而闻见之？

蒲松龄的确喜欢写媟狎之态，而且写得很细微曲折，写多了，令人生厌。但是把这些燕昵之词、媟狎之态都去了，《聊斋》就剩不下多少东西了。这位纪老先生真是一个迂夫子，那样的忠于见闻，还有什么小说呢？因此他的《阅微草堂笔记》实在没有多大看头。不知道鲁迅为什么对此书评价甚高，以为“叙述复雍容淡雅，天趣盎然”。

想象和虚构的来源，还是生活。一是生活的积累，二是长时期的对生活的思考。接触生活，具有偶然性。我写作的题材几乎都是可遇而不可求的。一个作家发现生活里的某种现象，有所触动，感到其中的某种意义，便会储存在记忆里，可以作为想象的种子。我很同意一位法国心理学家的话：所谓想象，其实不过是记忆的重现与复合。完全没有见过的东西，是无从凭空想象的。其次，更重要的是对生活的思索，长期的，断断续续的思索。井淘三遍吃好水。生活的意义不是一次淘得清的。我有些作品在记忆里存放三四十年。好几篇作品都是一再重写过的。《求雨》的孩子是我在昆明街头亲见的，当时就很感动。他们敲着小锣小鼓所唱的求雨歌：

小小儿童哭哀哀，
撒下秧苗不得栽。
巴望老天下大雨，
乌风暴雨一起来。

这不是任何一个作家所能编造得出来的。我曾经写过一篇很短的东西，一篇散文诗，记录了我的感受。前几年我把它改写成一篇小说，加了一个人物，望儿。这样就更具体地表现了中国农村的孩子从小就知道稼穑的艰难，他们用小小的心参与了农田作务，休戚相关。中国的农民从小就是农民，小农民。《职业》原来只写了一个卖椒盐饼子西洋糕的，这个孩子我是非常熟悉的。我改写了几次，始终不满意。到第四次，我才想起先写了文林街上六七种叫卖声音，把“椒盐饼子西洋糕”放在这样背景前面，这样就更苍凉地使人感到人世多苦辛，而对这个孩子过早地失去自由，被职业所固定，感到更大的不平。思索，不是抽象的思索，而是带着对生活的全部感悟，对生活的一角隅、一片段反复审视，从而发现更深邃，更广阔的意义。思索，始终离不开生活。

我是一个极其平常的人。我没有什么深奥独特的思想。年轻时读书很杂。大学时读过尼采、叔本华。我比较喜欢叔本华。后来读过一点萨特，赶时髦而已。我读过一点子部书，有一阵对庄子很迷。但是我感兴趣的是其文章，不是他的思想。我读书总是这样，随意浏览，对于文章，较易吸收；对于内容，不大理会。我大概受儒家思想影响比较大。一个中国人或多或少，总会接受一点儒家的影响。我觉得孔子是个很有人情的人，从《论语》里可以看到一个很有性格的活生生的人。孔子编选了一部《诗经》（删诗），究竟是为了什么？我不认为“国风”和治国平天下有什么关系。编选了这样一部民歌总集，为后代留下这样多的优美的抒情诗，是非常值得感谢的。“国风”到现在依然存在很大的影响，包括它的真纯的感情和回环往复，一唱三叹的形式。《诗经》对许多中国人的性格，产生很广泛的、潜在的作用。“温柔敦厚，诗之教也。”我就是在这样的诗教里长大的。我很奇怪，为什么论孔子的学者从来不把孔子和《诗经》联系起来。

我的小说写的都是普通人，平常事。因为我对这些人事熟悉。

顿觉眼前生意满，
须知世上苦人多。

我对笔下的人物是充满同情的。我的小说有一些是写市民层的，我从小生活在一条街道上，接触的便是这些小人物。但是我并不鄙薄他们，我从他们身上发现一些美好的、善良的品行。于是我写了淡泊一生的钓鱼的医生，“涸辙之鲋，相濡以沫”的岁寒三友。我写的人物，有一些是可笑的，但是连这些可笑处也是值得同情的，我对他们的嘲笑不能过于尖刻。我的小说大都带有一点抒情色彩，因此，我曾自称是一个通俗抒情诗人，称我的现实主义为抒情现实主义。我的小说有一些优美的东西，可以使人得到安慰，得到温暖。但是我的小说没有什么深刻的东西。

现实主义在历史上是和浪漫主义相对峙而言的。现代的现实主义的对立面是现代主义。在中国，所谓现代主义，没有自己的东西，只是模仿西方的现代主义。这没有什么不好。

我年轻时受过西方现代主义的影响，也可以说是模仿。后来不再模仿了，因为模仿不了。文化可以互相影响，互相渗透，但是一种文化就是一种文化，没有办法使一种文化和另一种文化完全一样。我在美国几个博物馆看了非洲雕塑，惊奇得不得了。都很怪，可是没有一座不精美。我这才明白为什么有人说法国现代艺术受了非洲艺术很大的影响。我又发现非洲人搞的那些奇怪的雕塑，在他们看来一点也不奇怪。他们以为雕塑本来就应该是这样，只能是这样，他们对世界的认识就是这样。他们并没有先有一个对事物的理智的、现实的认识，然后再去“变形”、扭曲、夸大、压扁、拉长……他们从对事物的认识到对事物的表现是一次完成的。他们表现的，就是他们所认识的。因此，我觉得法国的一些模仿非洲的现代派艺术也是“假”的。法国人不是非洲人。我在几个博物馆看了一些西洋名画的原作，也看了芝加哥、波士顿艺术馆一些中国名画，比如相传宋徽宗摹张萱的《捣练图》。我深深感到东方的——主要是中国的文化和西方文化绝对不是一回事。中国画和西洋画的审美意识完全不同。中国人插花有许多讲究，瓶与花要配称，横斜欹侧，得花之态。有时只有一截干枝，开一朵铁骨红梅。这种趣味，西方人完全不懂。他们只是用一个玻璃瓶，乱哄哄地插了一大把颜色鲜丽的花。中国画里的折枝花卉，西方是没有的。更不用说墨绘的兰竹。毕加索认为中国的书法是伟大的艺术，但是要叫他分别一下王羲之和王献之，他一定说不出所以然。中国文学要全盘西化，搞出“真”现代派，是不可能的。因为你是中国人，你生活在中国文化的传统里，而这种传统是那样的悠久，那样的无往而不在。你要摆脱它，是办不到的。而且，为什么要摆脱呢？

最最无法摆脱的是语言。一个民族文化的最基本的东西是语言。汉字和汉语不是一回事。中国的识字的人，与其说是用汉语思维，不如说用汉字思维。汉字是象形字。形声字的形还是起很大作用。从木的和从水的字会产生不同的图像。

汉字又有平上去入，这是西方文字所没有的。中国作家便是用这种古怪的文字写作的，中国作家对于文字的感觉和西方作家很不相同。中国文字有一些十分独特的东西，比如对仗、声调。对仗，是随时会遇到的。有人说某人用这个字，不用另一个意义相同的字，是“为声俊耳”。声“俊”不“俊”，外国人很难体会，但是作为一个中国作家是不能不注意的。

有一个法国记者到家里来采访我。他准备了很多问题。一上来就说：“首先我要问你一个你自己很难回答的问题：你认为你在中国文学里的位置是什么？”我想了一想，说：“我大概是一个文体家。”“文体家”原本不是一个褒词。伟大的作家都不是文体家。这个概念近些年有些变化。现代小说多半很注重文体。过去把文体和内容是分开的，现在很多人认为是一回事。我是较早地意识到二者的一致性的。文体的基础是语言。一个作家应该对语言充满兴趣，对语言很敏感，喜欢听人说话。苏州有个老道士，在人家做道场，斜眼看见桌子下面有一双钉靴，他不动声色，在诵念的经文中加了几句，念给小道士听：

台子底下，

有双钉靴。

拿俚转去，

落雨着着，

也是好格。

这种有板有眼，整整齐齐的语言，听起来非常好笑。如果用平常的散文说出来，就毫无意思。我们应该留意：一句话这样说就很有意思，那样说就没有意思。其次要读一点古文。“熟读唐诗三百首”，还是学诗的好办法。我们作文（写小说式散文）的时候，在写法上常常会受古人的某一篇或某几篇的影响，自觉或不自觉。老舍的《火车》写火车着火后的火势，写得那样铺张，没有若干篇古文烂熟胸中，是办不到的。我写了一篇散文《天山行色》，开头第一句：所谓南山者，是一片塔松林。我自己知道，这样的突兀的句法是从龚定庵的《说居庸关》那里来的。《说居庸关》的第一句是：居庸关者，古之谈守者之言也。这样的开头，就决定这篇长达一万七千字的散文，处处有点龚定庵的影子，这篇散文可以说是龚定庵体。文体的形成和一个作家的文化修养是有关系的。文学和其他文化现象是相通的。

作家应该读一点画，懂得书法。中国的书法是纯粹抽象的艺术，但绝对是艺术。书法有各种书体，有很多家，这些又是非常具体的，可以感觉的。中国古代文人的字大都是写得很好的。李白的字不一定可靠。杜牧的字写得很好。苏轼、秦观、陆游、范成大的字都写得很好。宋人文人里字写得差一点的只有司马光，不过他写的方方正正的楷书也另有一种味道，不俗气。现代作家不一定要能写好毛笔字，但是要能欣赏书法。我虽不善书，“知书莫若我”，经常看看书法，尤其是行草，对于行文的内在气韵，是很有好处的。我是主张“回到民族传统”的，但是并不拒绝外来的影响。我多少读了一点翻译作品，不能不受影响，包括思维语言、文体。我的这篇发言的题目，是用汉字写的，但实在不大像一句中国话。我找不到更恰当的语言表达我要说的意思。

我是沈从文先生的学生，有人问我究竟从沈先生那里继承了什么。很难说是继承，只能说我愿意向沈先生学习什么。沈先生逝世后，在他的告别读者和亲友的仪式上，有一位新华社记者问我对沈先生的看法。在那种场合下，不遑深思，我只说了两点。一，沈先生是一个真诚的爱国主义者；二，他是我见到的真正淡泊的作家，这种淡泊不仅是一种“人”

的品德，而且是一种“人”的境界。沈先生是爱中国的，爱得很深。我也是爱我们这个国的。“儿不嫌母丑，狗不厌家贫。”中国尽管有这样那样的问题，这样那样的缺点，但它是我的国家。正如沈先生所说，在任何情况下，都不应丧失信心。我没有荒谬感、失落感、孤独感。我并不反对荒谬感、失落感、孤独感，但是我觉得我们这样的社会，不具备产生这样多的感的条件。如果为了赢得读者，故意去表现本来没有，或者有也不多的荒谬感、失落感和孤独感，我以为不仅是不负责任，而且是不道德的。文学，应该使人获得生活的信心。淡泊，是人品，也是文品。一个甘于淡泊的作家，才能不去抢行情，争座位；才能真诚地写出自己所感受到的那点生活，不耍花招，不欺骗读者。至于文学上我从沈先生继承了什么，还是让评论家去论说吧。我自己不好说，也说不好。